青年学者文库 **8**

文学批评系列

重建当代中国文学想象

鲁太光 著

中国言实出版社

图书在版编目（CIP）数据

重建当代中国文学想象 / 鲁太光著 . -- 北京：中
国言实出版社，2016.5

ISBN 978-7-5171-1887-9

Ⅰ. ①重… Ⅱ. ①鲁… Ⅲ. ①中国文学－文学评论－
文集 Ⅳ. ① I206-53

中国版本图书馆 CIP 数据核字（2016）第 103292 号

出 版 人：王昕朋
责任编辑：史会美
文字编辑：何　勋
封面设计：王立霞

出版发行　　中国言实出版社
　　　　　　地　址：北京市朝阳区北苑路 180 号加利大厦 5 号楼 105 室
　　　　　　邮　编：100101
　　　　　　编辑部：北京市海淀区北太平庄路甲 1 号
　　　　　　邮　编：100088
　　　　　　电　话：64924853（总编室）　64924716（发行部）
　　　　　　网　址：www.zgyscbs.cn
　　　　　　E-mail：zgyscbs@263.net
经　　销　　新华书店
印　　刷　　三河市祥达印刷包装有限公司
版　　次　　2016 年 6 月第 1 版　　2016 年 6 月第 1 次印刷
规　　格　　889 毫米 ×1194 毫米　1/32　6.625 印张
字　　数　　160 千字
定　　价　　30.80 元　　ISBN 978-7-5171-1887-9

CONTENTS

目录

上 辑

文情观察

为了未来的回望

——新中国六十年小说创作流变观察

按照目前一些研究者的概括，以 20 世纪 70 年代中晚期为界，中国当代文学可以划分为两个"三十年"：第一个"三十年"是指自 1949 年至标志着中国社会转向的 1978 年，其文学实践主要包括"十七年文学"和"文革"文学（关于"文革"文学，本文不作具体分析，此处列出，是出于时间完整性角度的考虑）；第二个"三十年"则指自 1979 年至 2009 年的今天，其文学实践主要包括以"伤痕文学"、"反思文学"为先导的一系列文学运动，如"寻根文学"、"先锋文学"、"新写实"等。之所以这样划分，是因为这两个"三十年"在文学精神、美学原则、创作实践上有着相对明晰的分野：第一个"三十年"的文学实践以"人民"和"人民性"为关键词，以对宏观世界的扫描和把握为责任担当；第二个"三十年"则以"人"、"人性"和"人情"为关键词，以对微妙内心的体验和描摹为赏心乐事。换一个形象的说法：在新中国前期，文学的目光如一束初升的阳光，热烈地，急切地，跃动着，要照亮整个世界；而自"新时期"以降，文学的目光则逐渐收束、内敛，并最终凝缩为内心一只幽暗、细腻的眼睛，无声地洞察着世间万象……

　　我们对新中国成立六十年来小说创作流变，特别是中短篇小说创作流变的回顾和思考，就是在这样粗线条的框架内展开的。

　　1949年新中国成立后，敏感于时代脉搏的胡风感到："两个月来，心里面的一股音乐，发出了最强音，达到了甜美的高峰。"后来，这股"音乐"喷薄而出，化为长篇政治抒情诗《时间开始了》。

　　"时间开始了！"胡风于1949年建国伊始写下的这首颂诗，生动真实地传达了当时千千万万人的心声，特别是广大知识者的心声。既然"时间开始了"，那么，在政治、经济、文化、社会等都急需调整、重建的情况下，为了告别过去，迎接新生，开创未来，在"新时间"中沐浴的知识者们，就必须承担起时代所赋予他们的责任——建设"新时间"下的"新文化"，即通过自己的书写，为建立社会主义文化领导权而歌与呼！客观地说，在当时，这既是时代对知识者的要求，也是大多数知识者的自觉选择。

　　这就是中国当代文学肇始时面临的最大现实，这也决定了其最大的美学特征——鲜明的政治性。主要表现在三个方面：一是对历史的叙述；二是对未来的期许。而叙述历史和期许未来则构成了政治性的核心要求——培育"社会主义新人"，从而为社会主义社会构建历史主体。这在小说创作中体现得最为明显。不用说"三红一创"等长篇巨著中充满了对时间的规划和讲述，就是在当时的中短篇小说中，时间的影子也无处不见。譬如孙犁的《正月》，这个不足万字的短篇小说，表面上写的是"大娘"的三女儿多儿的爱情和婚事，可事实上，诗情画意的文字中却处处洋溢着"忆苦思甜"的味道：在"大娘"家的外间里放着一架织布机，这机子从出生到现在，整整一百年了，陪伴了"三代的女人"，"陪伴她们痛苦，陪伴她们希望……一百年来，它没有听见过歌声"。但到了多儿这里，我们听见的却全是"歌声"——那架见证了大娘一家三代苦难岁月的旧机子"光荣退休"了，换来了一架新机子，这新机子不仅为多儿织出了出嫁的衣服，而且为其织出了恋爱自由、婚姻自主的幸福生活。在这样的新旧对比中，多儿这个"新人"也如"小荷才露尖尖角"，渐渐浮出历史地表。在这个问题上，茹志鹃同样诗意盎然的小说《百合花》则另辟蹊径：通过那位可爱的通讯员，小说反映了解放军纯朴而崇高的品质；通过那位美丽的少妇，小说呈现了军民鱼水情深，从而含蓄地"勾勒"出新中国的历史由来及走向。难怪茅盾读后感叹："这是我最近读过的几十个短篇中间最使我满意，也最使我感动的一篇。"

关于塑造"社会主义新人"，汪曾祺的短篇小说《羊舍一夕——又名：四个孩子和一个夜晚》别有韵味。这位"新时期"后以"边地"小说闻名的小说家，在这篇写于1961年的"成长小说"中，以看似闲淡的笔触写了小吕、老九、丁贵甲、留孩这一位果园小工、两位羊倌、一位准羊倌在"羊舍一夕"中充满童稚气息的言行和心思，可这看似随意的"闲笔"却别有深意，实际上，描摹孩子们"今天"的活泼可爱，是为了暗示其"明天"的茁壮成长。小说结尾，作者写道："这也只是一个平常的夜。但人就是这样一天一天，一黑夜一黑夜地长起来的。正如同庄稼，每天观察，差异也都不太明显，然而它发芽了，出叶了，拔节了，孕穗了，灌浆了，终于成熟了。这四个现在一排并睡着的孩子（四个枕头各托着一个蓬蓬松松的脑袋），他们也将这样发育起来。在党的阳光照煦下，经历一些必要的风风雨雨，都将迅速、结实、精壮地成长起来。"在充满生活之美的文字中时时流露着培育"新人"的哲思，显示了作者特异的思想见解和文学能力。

与其政治性相对应，这一时期文学的另一特点是强烈的现实感。这现实感既体现在对时事的捕捉、宣传上，也体现在对带有导向性的重大问题的观察介入中。前者的代表作是赵树理的小说《登记》，后者可以以李凖的《不能走那条路》为代表。《登记》是为配合我国第一部《婚姻法》颁布而作的。我国第一部《婚姻法》颁布于 1950 年 4 月 13 日，而赵树理的小说发表于 1950 年 6 月 5 日，两者相距不足两个月，可见当时作家对生活的高度关注及参与其中的热情，而且，由于作家对生活的熟稔，再加上艺术手法的成熟，将一篇"应景"之作写成了一篇文学名作。李準的《不能走那条路》所具有的重大的现实政治意义更是自不待言。

值得顺便一提的是，这些极富现实感的作品又往往带有浓重的浪漫主义色彩。这似乎自相矛盾，但却是事实。实际上，如果我们能想到在无数革命者浴血奋斗下，新中国从理想到现实、从不可能到可能的伟大历程本身就宛如一曲慷慨激昂的浪漫史诗的话，就不会对充盈在这些"现实"作品中的"浪漫"气息感到惊奇了——既然我们已经突破了无数不可能而创造了一个最大的可能，那么，还有什么是不可能的呢？因此，在这个时期的大多数作品中，即使是那些反映现实问题的作品，留给我们的，仍然是一个光明的、浪漫的、开放的未来。在今天看来，洋溢于其中的那份情真意切的理想精神是那么的珍贵，那么的动人。

这个时期小说在艺术上最大特点就是结构上的完美性。与当下小说创作不是沉迷于故事，就是沉迷于性格，甚至沉迷于欲望，陷入细节迷恋之中，因而无法完整地把握现实并构建完整的艺术结构不一样，第一个"三十年"的作家们在小说"结构"上表现出令人难以想象的才能，因为，这里的"结构"并不仅仅是完美地讲述一个故事，而更是通过讲述的故事呈现一个完整的艺术世界，以与现实世界相互关照、沟通，换言之，这里的"结构"体现的更多的是作家的现实感受力、历史洞察力及哲学归纳力，即作家的世界观，而这正是那一代作家的强项。诚如我们上文所言，即使那些处处闪烁着生活之美的作品，也充满了历史思辨色彩。

在评估这个时期的文学创作时，应充分考虑其特定的历史情境，而不要因为其间的一些波折和动荡而不加分析地进行贬抑，因为，诸如作家的现实情感、历史精神、道德担当，甚至血气等，都是写作中不容忽视的大问题，而这正是此一时期文学中最可贵的元素。然而，也必须指出，这种以建设社会主义文化领导权为己任的"人民文学"必然对在中国文学传统，特别是现代文学传统中影响深远的"人"的文学观带来某种遮蔽，因而也必然时时遭遇其反拨，陈翔鹤的《陶渊明写挽歌》等作品即微妙地表达了这种情绪波动。更值得重视的是，伴随着新政权的逐渐建立，科层化的管理体制逐步完备，因而官僚主义也迅速抬头，这在柳溪的《爬在旗杆上的人》和王蒙的《组织部来了个年轻人》等"干预生活"的"问题小说"中都有相当深刻的反映。

在政治性方面上，开启第二个"三十年"文学大门的"伤痕文学"与"十七年文学"没有什么本质区别，不同的只是其调用的话语资源（人，人性，人情）和政治诉求（自由，民主），这也是刘心武的《班主任》和卢新华的《伤痕》这两篇在今天看来艺术上显得有些"简单"的作品在当时引发那么大社会反响的原因。但也正是因为调用的话语资源不同，以"伤痕文学"为发端，文学的目光开始内转（这也是必然的逻辑结果，因为在当时不无道德化的文学语境中，社会转型的最大成绩就是解放了"内心"，释放了"自由"，因而对"内心"和"自由"的文学关注也必然是社会转型的强大动力）。这在张洁的《爱，是不能忘记的》中表现得十分明显：这篇使用双重第一人称以增加倾诉容量的小说，在风暴般内心情感的展示中，呈现了女作家钟雨对遭受历史厄运的"他"超越一切的爱情，并由此出发，揭示婚姻与爱情的矛盾，吁请一个"等待着那个呼唤着自己的灵魂"的时代到来，因为，"这兴许是社会生活在文化、教养、趣味……等等方面进化的一种表现！"这在相当程度上抚慰了"文革"的情感创伤，因而这篇并未涉及政治"伤痕"的小说成了"伤痕文学"的代表作。但旧作新读，却发现这篇小说的丰富性远远超出了"伤痕文学"的概念范畴，其中，女性近乎圣洁的"爱情"方式，甚至作者所"批评"的"他"充满"清教"色彩的"爱情观"，在当下横流的欲望语境中，也焕发出晶莹的光泽，不仅温暖，而且锐利。

度过感伤阶段后，"伤痕小说"强化了责任探究，拉长了反思时段，因而催生了"反思文学"。概括地说，"反思文学"的基本叙述动力和叙述结构是："文革"并非突发事件，其思想动机、行为方式、心理基础等，已存在于"当代"历史中，并与中国当代社会的基本矛盾，与民族文化、心理积淀有关。而这种反思背后隐含的则是对以自由市场为导向的现代化路径的强烈渴望。这一点，在蒋子龙同时被命名为"改革文学"代表作的小说《乔厂长上任记》中表现得淋漓尽致。小说写自愿到濒于破产的重型电机厂任厂长的乔光朴，到任后，即刻雷厉风行地进行"铁腕"改革。小说讲述的故事比较简单，但由于充溢在字里行间的"改革"激情与当时隐含的"现代化"诉求如此同气连枝，以至于小说一发表就引发了强烈反响，甚至有不少读者给发表小说的《人民文学》编辑部写信，请"乔厂长"到他们单位去。

尽管一度盛况空前，但客观地说，"反思文学"的艺术价值并非蕴含在这一相似的观念框架中，许多时候，反而恰恰体现在游离于这一叙述结构的部分中，因为在这里，活跃着作者独特的生命体验和历史思考。如韩少功的《西望茅草地》在回望农场"失败岁月"中的"失败英雄"时，并没有仅仅"反思"其粗暴，而是对孕育于其中的理想、崇高和追求表达了深深的敬意，并祈愿"多少年来，这块古老的土地埋藏收纳了那么多的枝叶，花瓣，阳光，尸骨和歌声，层层叠叠，它们也许会变成黑色的煤，在明天燃烧"。而王安忆的《本次列车终点》则以费尽周折重回上海的知情陈信在局促的都市中的不适为引子，点燃对"十年里""那种充实感"的怀念，对一个"更远、更大的"归宿的向往。张承志则走得更彻底，当"伤痕文学"哀声一片时，他就在内蒙古草原的"额吉"那里发现了慈爱、宽厚、坚忍和苦难中的喜乐，写下了《骑手为什么歌唱母亲》等迸发着理想火花的作品，而且他还由此出发，跋涉黄土高原的西海固等，构筑起自己的精神大陆架。

经历了"伤痕文学"和"反思文学"的涤荡与铺垫，进入20世纪80年代中晚期后，文学与政治、现实的关系进一步疏离，文学继续"向内转"。"寻根文学"是这一过程中的重要运动。"寻根文学"发生的原因十分复杂：它既是将反思进行到底，追溯事物"本源"意义，以探索"历史失误"与"民族文化心理""积淀"之间关系的结果，也是80年代中期中西文化再次碰撞，迅猛的现代化进程、剧烈的"文明冲突"使人们感到普遍困惑和沉重压力，因而希望以"现代意识"重新关照"传统"，寻找民族文化精神的本原性构成，为现代化提供可靠根基的结果，还是以"反传统"、"现代化"为核心的"新启蒙"运动在社会层面受挫后向"文化热"转移的结果，更是在渴望与"世界文学"对话条件下文学观念更新的结果。也正因为如此，"寻根文学"在美学上显得较为复杂，难于一概而论。韩少功的《爸爸爸》和阿城的《棋王》是其代表作。前者融写实性的细节、荒诞的方法、充满哲理性的寓意于一炉，锤炼出丙崽这个丑陋、猥琐、模糊的民族文化"劣根性"的象征物。后者则以王一生甘于淡泊而又超越世俗的立世方式为切入点，渲染出其执着于心灵自由的精神追求。其气浩然，动人心魄。当然，这种"超脱哲学"本身就蕴含着历史批判色彩。

大致同时出现的"现代派小说"，在面对西方文学资源时更为开放，以刘索拉的《你别无选择》等为代表的这一文学流脉，在超越特定政治环境、摆脱现实主义方法、探索生存命题等方面，与西方现代小说具有一定的"互文"性，但在这些作家满不在乎的"现代派"面孔下，隐藏着的其实是一颗颗惶惑痛苦的心，所以与其说他们表达的是反现代性的非理性精神，不如说是走出"文革"阴影的一代在现代化实践中追求自由的"个人情绪史"。

在文学与政治、现实关系上走得最远，最具"革命性"的是"先锋小说"。在"先锋小说"中，不仅政治等宏大叙事渺无踪影，就是"主体"、"自我"等的影子也难得一见，因为，先锋作家们重视的是"文体的自觉"（即小说的"虚构性"）和叙述在小说方法上的意义。只要想想马原的"叙述圈套"、孙甘露的"语言实验"等，这一切就一目了然。然而，如果对其进行社会历史分析，我们就会发现这一自诩最为纯粹的文学实践也许不那么纯粹，已有研究者（参见刘复生《先锋小说：改革历史的神秘化》）指出："先锋小说是中国改革以来的现代化命运的曲折隐喻，那些似乎完全抽空现实内容的形式实验，或刻意将主题抽象化、普遍化以脱离中国现实的现代主义情绪，背后隐约而片段地浮现着的仍是当代中国的历史性焦虑和愿望。"换言之，如果说此前文学（特别是"十七年文学"）是以直面历史的方式参与社会运动的话，那么"先锋小说"则是以背对历史的方式参与了现代化过程，并以其游移、暧昧、朦胧为这一世俗行动罩上了神秘的面纱。

稍后出现的"新写实小说"在精神上与"先锋小说"有藕断丝连之处。它放弃"典型化"的传统现实主义艺术准则，放弃对宏大历史的关注，而是秉持一种"还原"生活的"零度叙事"方式，对琐碎、平庸的俗世化"现实"表现出了浓厚的兴趣，代替"英雄壮举"的是一些"小人物"的衣食住行、生老病死的烦恼、欲望，生存的艰难、困窘，和个人的孤独、无助。这样的文学实践在突破传统现实主义的盲区时，也因此而产生了新的盲区：它消解生活的诗意，拒绝乌托邦，将灰色、沉重的"日常生活"推到了时代前面，

为 20 世纪 90 年代文学在另一个价值层面上无声的展开提供了新的
地标。刘震云的《一地鸡毛》是其代表作。小说写初入社会的"小
林"迫于"环境"压力,不得不陷入原先拒绝陷入的"泥潭",以
及在这样的挣扎中所经历的个人精神扭曲。相比另外的"新写实"
作家,刘震云对琐碎生活的讲述,有对"哲理深度"更为明显的追
求,即对日常环境中无处不在的"荒诞"和"异化"的持续揭发,
这也使其作品显得别有深意。

当然,在指出"新时期"后文学向内转的流变趋势的同时,我
们也必须明确,在这一过程中,现实主义永远是无法回避的文学主
潮:一是这一文学传统已以精神因素的形式内在于多数作家心中,
成为他们关照现实的强大动力。铁凝的《安德烈的晚上》就以极其
敏锐的现实主义情怀捕捉到了 20 世纪 90 年代中期社会转型时人们
(社会底层)微妙细腻而又惊心动魄的情感波澜。安德烈和姚秀芬
在夜晚打翻的那盒饺子就如在无数读者心中打翻了同一个五味瓶,
让人各种滋味涌上心头,却只能欲语还休。二是这一文学传统仍时
时以思潮的形式出击,呼唤新的文学关怀,跃动新的时代脉搏。如
以谈歌、何申、关仁山"现实主义三驾马车"为代表的作家们引领
的"现实主义冲击波",在 20 世纪 90 年代中晚期曾"震惊"了无
数读者的眼球,而这几年方兴未艾的关于"底层文学"的讨论,亦
可看作是现实主义文学精神的强力复归。

之所以勾勒出"新时期"文学,特别是 20 世纪 80 年代中期后
以"纯文学"、"文学性"、"回到文学自身"自居的"先锋文学"等
文学思潮的社会历史背景,并不是为了褒贬其得失,而是为了呈现
文学与现实之间或隐或现的同构关系,特别是 20 世纪 80 年代后在
文学中以隐秘的方式"讲述"的"现代故事"与在现实中轰轰烈烈
地开展着的"现代实践"之间的同构关系,从而为我们观察当下的
文学图景清除障碍,因为非如此,我们无法看清本世纪以来现代市

场与消费文化之间"情同手足"的密切关系。

消费主义无疑是今天最为重要的"文学"现象之一，它将现代变为颓废，将文学变为消费，将"人性"变为"性"，将希望变为欲望。它以种种极端的方式冲击着正常的文学秩序。然而必须清楚的是，在这种消费主义的阴云中，仍有许许多多关注现实、思考历史、凝视内心、守卫情操的作家在真诚地写着，他们就像夜空中的繁星一样，无声地爱着这个世界，爱着这个世界上的生灵，凝聚着温暖魂魄的所有光与热。迟子建就是这些闪亮的星星中的一颗，她的《世界上所有的夜晚》就以失去了心爱的"魔术师"的"我"的悲伤为"魔杖"，指引着我们"向后退，退到最底层的人群中去，退向背负悲剧的边缘者；向内转，转向人物最忧伤最脆弱的内心，甚至命运的背后"，然后，再指引着我们由此出发，进入世界上所有的夜晚，"发现"世界上所有的悲伤，为世界上所有的不幸者祈福。其境界，可以说达到了一种新高度。

最后，我们想说的是，回顾历史绝不仅仅是为了测量过往，而更是为了构筑一座观察未来的平台，以激发一种更有活力的文学思想。自20世纪70年代中晚期转型以来的中国社会在经历了三十多年的高速发展后，又到了一个调整提高的关键时期。这样的时代必然为我们提供大量更新鲜更强劲的现实，也必然对我们的写作提出更宽广更深入的要求。而我们已在"世界"与"内心"这两个界面之间与之中斗争、抉择过，因而"见多识广"的作家们，似乎也具备了承担这一时代重任、书写文学新篇的胸襟和素质。因此，我们期望，这篇短小且简单的文章，能幻化为一朵美丽的火花，激活作家内心那长久积聚的能量，使文学这国民精神前行的灯火更加灿烂，更加辉煌，能为我们照亮一个更加宽广的未来。

那里，细腻温柔；那里，粗犷大方。那里，洞幽烛微；那里，海阔天高。那里，既布满荆棘和坎坷；那里，更洋溢着阳光和歌声!

亲爱的朋友们，这既是时代的呼唤，更是心灵的呼声。

（原载《〈小说选刊〉创刊 30 周年暨出刊 300 期纪念金刊》，
2010 年）

中国乡村：渴望暖流

——当下乡村题材小说中的社会图景及诉求一种

近一段时间以来，孙春平的《二舅二舅你是谁》（以下简称《二舅》）、杨守知的《灭火》、肖勤的《云上》、《暖》这四篇小说总像放幻灯片一样在脑海中萦绕，挥之难去。[①]琢磨久了，竟琢磨出些意思来：这四篇小说之所以令人难忘，不仅仅因为小说艺术上比较成熟老到，将故事讲述得风生水起，一波三折，也不仅仅因为这几篇小说典型地展示了生活——现实的而非想象的生活——所给予作家的宝贵馈赠，而且更因为这三位作者都有相当丰富的乡村实践经验，对脚下的土地怀有深沉的爱，对当下的乡村社会变迁、乡村政治实践既有如鱼饮水般的切身体验，又有相对深刻的理性思考，因而，能够将执着的艺术追求与同样执着的现实情怀水乳交融地结合起来，使我们能够透过他们满含泪水的眼睛，看到一幅幅不同的乡村社会图景。更加重要的是，这几幅不同的乡村社会图景不仅在

---

① 《二舅二舅你是谁》原载《人民文学》2010年第2期，本文写作时参考的是《小说选刊》2010年第3期的版本；《云上》、《暖》见《十月》2010年第2期；《灭火》见《小说选刊》2010年第1期。

横向上彼此联系，显示了当前乡村社会变迁、政治实践的复杂性和多元性，而且在纵向上也有一条潜在的线索，提示着当前乡村社会变迁的路径和方向，并发出深情的呼唤。

《二舅》：乡村灰化与幽灵现身

《二舅》讲述了一个令人读完后禁不住不寒而栗的故事：霍林舟与王咏梅十一岁的儿子霍小宝在河边嬉戏时，不小心淹死了，按照常理，在一阵撕心裂肺的悲痛之后，霍林舟与王咏梅就不得不埋葬孩子，而后在"亲戚或余悲，他人亦已歌"的艰难中悲伤度日了。他们也是这么打算的：霍林舟已从邻居家借来三轮车，准备第二天一早就去火化儿子的尸体。但就在三轮车即将出发时，他在城里做生意的连襟赵斌来了，故事也由此急转直下，由悲情的轨道转到暗流涌动的政治角力的轨道上了：赵斌告诉霍林舟，城里有个叫二舅的人听了霍家的事情，愿意帮他向政府讨说法，而且承诺至少能讨来十五万，但讨来钱后，他必须拿三分之一的抽头。霍林舟不敢相信赵斌的话，但赵斌告诉他说："猪八戒不能，沙和尚也不能，可孙猴子能。"于是将信将疑的霍林舟与赵斌一起去城里找"二舅"。这个"二舅"果然神通广大，变化无穷——他没有"显灵"，却派了一位"三姨"来。这位"三姨"也不是吃素的，她领着霍林舟夫妇、赵斌以及她组织来的一大群人，浩浩荡荡地来到乡政府大院，与乡政府当面锣对面鼓地唱起对台戏来，而且果然为霍林舟一家讨来远远超过十五万元的好处……

这篇小说令人惊讶乃至感到惊悚的地方不仅仅在于"二舅"和"三姨"们的训练有素、组织严密和"盗亦有道"。从小说的叙述看，他们不是一群乌合之众，而是一支训练有素的队伍——没有到霍林舟家中之前，他们就把霍小宝淹死的背景搞得一清二楚——村支书的老爹过生日，借学校的操场大摆筵席，才给学生放了假，而且没有通知家长。"三姨"要求霍林舟务必抓住这一点做文章，而且一定要咬死。在跟乡政府"谈判"时，"三姨"也是不卑不亢，你有来招，我有去势，指挥若定。他们还有严密的组织，即使乡政府借来设备屏蔽了手机信号，并且调来警察守住门户，但"三姨"仍能安排人传递信息，安排城里的人通过媒体曝光、静坐示威等方式向县政府施压，从而间接给乡政府施压，更加可怕的是，政府的一举一动，时时处处都有人（包括公安局）向"三姨"通风报信，尽管这信息有时未必能及时到达。他们还有严格的"潜规则"——尽管霍林舟在与乡委书记和乡长谈判时做了手脚，隐瞒了讨要来的真实数额，"三姨"似乎也有所觉察，但她仍然按事前说好的办，只收三分之一的提成，而且坚持所有的开销都从这提成里出，即使遭遇劫匪，腿被打折了，仍坚持医疗费从这提成里出……与她的"盗亦有道"相比，乡政府的做法似乎就显得不那么正大光明、理直气壮了，而是像一个讨价还价的小商小贩，那么捉襟见肘、进退维谷。除了金钱的诱惑这一因素外，霍林舟们的"心"就是在这样的"比较"中，逐渐偏移到"二舅"和"三姨"那边去了。

这是一个意义重大的逆转，也是这篇小说真正令人担忧之处。在"二舅"和"三姨"这个隐形的"非法"组织面前，在政治、经济、文化等一切方面享有正当性的乡政府，却变得像个扶不起来的阿斗[①]，最后几乎丧失了"谈判"的能力，只能让"三姨"他们牵着鼻子走，亦步亦趋。更加重要的是，霍林舟们在这样的"操练"

---

① 小说借人物之口做了"辩解"，说这是因为现在提倡和谐社会，基层政府怕群体性事件，因而为了畸形的政绩观而迁就闹事者。在我看来，这绝非恰当的理由，或者说，正是由于这畸形的政绩观，导致了这种被动局面的出现。因为"和谐"的根源在于政府真正成为群众利益的代表，而不是委曲求全，出卖原则。

中，似乎逐渐"成熟"起来，他们觉得政府不那么可靠了。在"三姨"的"道德"面前，政府的"道德"反而成了被质疑的对象，因而他们的"心"才逐渐偏离政府——这本应是他们真正的依靠——而向"三姨"靠拢了。这种"离心"的现象绝非危言耸听，因为小说中"三姨"的人生轨迹似乎是一个强有力的暗示——她原本也是一个本分的市民，只是受了冤屈后，通过正常渠道得不到申诉和补偿，最后通过一个"律师"的帮助才得以转危为安、转败为胜，因而，她也照葫芦画瓢，学起了帮助过她的"律师"，回家乡后，走上为受冤屈的人讨说法的道路。

正是在这样的背景下，小说中那个像幽灵一样徘徊在乡村大地上空的"二舅"才显得那么意味深长，发人深省。他的横空出世，他那"看不见的手"的挥舞，使乡村的天空不那么明朗了，而显得灰蒙蒙的，这或许就是一些"三农"学者所说的乡村社会灰化的文学显现吧？[1] 在这暧昧的乡村政治气候中，我们禁不住像作者一样追问：二舅二舅你是谁？二舅二舅你在哪里？或许，他在"三姨"心中？在赵斌、霍林舟心中？由此，小说提出了一个重大的问题：在建设和谐社会和社会主义新农村的大形势下，怎样才能强化基层政府执政为民的能力，使其成为群众利益的真正"守护神"，从而将"二舅"消弭于无形呢？因为只有这样，我们才能融化隔在小说中的农民与基层政府之间冷漠的无形"心墙"，使乡村不再像小说中所描摹的那样寒气侵人。

---

① 按照一些"三农"学者的解释，"乡村灰化"指的是乡村社会受"灰社会"力量影响，以至于影响到了一般农民群众生产与生活秩序的社会过程（可参考谭同学《乡村灰化的路径与基础》，载《天涯》2007 年第 3 期）。我在本文中依托孙春平的小说，主要揭示这种力量对乡村社会政治生态的介入、影响及解决的可能性。

《灭火》：乡村转型与理念更新

　　《二舅》中呈现的乡村社会图景让人感到寒冷、沉重，因而呼唤一股暖流的出现以消解这"寒流"。这种努力的种子在杨守知的小说《灭火》中萌芽了，尽管这萌芽无比艰难，而且以失败而告终，但这种萌芽的艺术显现，无论对现实而言，还是对文学而言，都意义深远。

　　在建设和谐社会和社会主义新农村的理念提倡了数年的情况下，我们的乡土社会正处于转型的关键期，在这样的时刻，无论是农民的心理还是基层干部的心理，都处于一种微妙的中间状态中。对于农民而言，前一段时间沉重的税费包袱终于可以放下了，可以喘一口气了，而心理包袱却处于将要放下而又没有完全放下的阶段，因而处于犹豫观望阶段，于是一些矛盾也在犹豫观望中浮出地表，老问题与新问题纠缠在一起，情况错综复杂，这让一些农民变得躁动不安。对基层干部而言，这个转变也许更为艰难——收了多年的税费取消了，工作经费紧张了，可工作量不仅没有少，反而更多了，这让他们倍感沉重。更重要的是，以前面对那些难啃的"硬骨头"时，可以行政命令制服等"硬手段"，可现在"硬手段"不许随意运用了，而"软手段"又尚未在实践中摸索出来。于是，政府与农民的沟通显得极为艰难。

　　小说就呈现了这种两难困境，并塑造了两位不一样的乡村干部：双桥镇镇委袁书记和镇长姜素。袁书记是一位老乡镇，这种转型期的不适感在他身上表现得特别明显，他"这几年过得很憋屈，到处都挤手夹脚的，觉得有本事不好施展，以前老百姓不敢提的事情，现在也敢来要个说法了，以前不是个事的，现在也是个大事了，往往还棘手难缠，一旦没有个结果，老百姓都是百折不挠的，甚至鼓起眼珠子，叉着腰，气势汹汹的……而以前，办起事情来是那么简捷痛快"[1]。现在政策变了，袁书记"也试着努力适应新形势，但是他觉得有些人的确是胡搅蛮缠，有些事实在是掰扯不清，甚至不乏一些骑着脖子拉屎的主儿"[2]。胡家营村出现群体性事件时，郁闷已久的他终于憋不住了，他决定大喊一声，再来一把"硬"的，即使耽误自己进县政协"养老"的事情也在所不惜。姜素是一位年轻的"新乡镇"，从某种意义上来说，尤其是与袁书记比，她是一位"外来者"，可是她有知识，有思想，特别是有亲近农民，与农民打成一片，真正为农民分忧解难的深厚情感，而不是仅仅满足于自己乡村管理者的角色。胡家营村出事后，她几乎走访了村里所有人家，觉得胡家营村村民之所以抱成团反抗派出所抓放火焚烧庄稼秸秆的小民，是因为农民"多多少少都有一些积怨，大多是历史的欠账"[3]，而且，她觉得这"欠账""有的是需要我们用金钱来偿还的，有的光靠金钱不够，还要用情感来补偿……"[4] 正是出于这样的考虑，她反对动用武力解决胡家营事件，因为这样做，只能使农民和基层干部在新形势下怯生生迈出的新步子退回到以前的状态中去，压抑新的乡村社会生态和政治模式发展，因而这种"倒退"所造成的损失，可能在以后付出十倍百倍的努力也难以挽回……

理性地讲，姜素的思考和实践无疑更加接近转型中的乡村现实，可由于她的年轻，她在乡村没有"根基"，特别是她的想法和做法既不能为同伴所接受、支持，也不能为农民所理解、拥护，因而在两方面都撞得头破血流，不得不再次成为一位"失败的英雄"，悄然离开她所心爱并期盼有所作为的乡村。然而，尽管失败了，她

---

①② 杨守知，《灭火》，载《小说选刊》2010 年第 1 期第 77 页。

③ 杨守知，《灭火》，载《小说选刊》2010 年第 1 期第 78 页。

④ 李辉，《跟着感觉走》，载《小说选刊》2008 年第 5 期第 5 页。

的思考和实践却有极其重要的历史意义，因为，这不仅是我国乡村社会转型期实践的胎记——带着深刻的"伤痕"，而且是我国乡村社会转型期的经验凝结——有待认真总结。所以，她在离开双桥镇时留给袁书记的"告别信"格外动人（这其实是作者现实思考的艺术结晶）。在我看来，这封信中凝聚着化解乡村社会"灰化"和"沙化"问题的钥匙①，是"暖流"涌入乡村的诱因之一。因此我将这封信的核心部分抄录于下：

　　说起农村，说起农民，在你面前，我是没有发言权的，我在农村的时间没有你长，我对农民的感情没有你深，可以说你把一辈子都献给了农村，而我只不过是蜻蜓点水。也许正因为我是一只蜻蜓，而不是一条鱼，所以在我们两人眼中的水，难免会有一些不同。因为鱼习惯了水，它不离开水，是永远感觉不到水的珍贵的。而蜻蜓，往往能够看到，水是怎样为鱼提供了一切生存的条件。我们经常唱，鱼儿离不开水，可是我感觉，没有一条鱼是这么想的。因为水哪里都有，哪里都有的东西一定低贱，不值得珍惜。就像我们面对大到一个湖泊，小到一个浴缸，眼睛都会去寻找鱼，对水却总是熟视无睹。水是如何养育了鱼，更是习以为常，不值一提。所以，我见识了很多

----

① "乡村沙化"这个词语是我对费孝通"社会腐蚀"一词的一个转化性使用。在对新中国成立前我国农村所出现的乡村人才大量流失，因而使乡村缺乏凝聚力、向心力、创造力，因而缺乏再造的基础这一现象时，他借用李林塞尔的思想，将其概括为"社会腐蚀"，而这一腐蚀的结果就是使乡土社会逐渐"沙化"，荒漠化。目前，在我国乡村社会腐蚀现象再次出现，并且在一定程度上相当严重——下文将具体谈这个问题。这是我使用这个词语的原因。具体内容可参考费孝通《中国绅士》，中国社会科学出版社 2006 年 1 月第 1 版。

施舍者，却从来没有见到赎罪者、还债者……①

《云上》：乡村沙化与渴望暖流

与孙春平的小说揭示了乡村社会出现灰化趋势、农民与政府出现"离心"迹象、乡村权力出现真空的苗头不一样，在肖勤的小说《云上》中，那乡村权力不仅没有出现丝毫的真空，而且简直铁板一块，牢固得很。不过，这牢固带给农民的却不是幸福，而是深深的伤害。

这权力的牢固性体现在村支书何秀枝在云上说一不二的权威上：多少年来，在山高皇帝远的云上，她就像一位"女皇"一样，牢牢地掌控着这里的一切，她不仅能从"上边"为村里要来福利，而且更掌握着村里一切人家的大小动态，所以，每当有人要与她作对时，她就适时出击，予以准确打击——譬如，当她丈夫王木匠发现她怀了别人的孩子并试图"抗议"时，她立刻拿出王木匠"不行"的事来做挡箭牌。再比如，当村主任吴高才看不惯她作威作福，试图进行"劝谏"时，她立刻拿出吴高才的风流韵事来予以弹压。她的权威，也反映在她年幼的儿子王德才对小伙伴的肆意凌辱、作威作福上，他竟将尿尿到同学岩豆头上，遭到反抗后，他竟持刀追杀——这给他带来了杀身之祸。这权力的牢固性更体现在何秀枝与镇党委书记王子尹的"零距离"上——他们不仅明修栈道，暗度陈仓地做了夫妻，而且何秀枝还为王子尹秘密地生了一个私生子。这层隐秘的关系，使他们能够互通声气，互相援手。而当何秀枝发现自己与王子尹之间出现裂隙时，为了修补这裂隙，实现自己做副镇长——成为城里人——的梦想时，她竟施展手段，让村里纯真美丽的女子荞麦成为王子尹爪下的玩物。这权力的稳固性更体现在当

---

① 杨守知，《灭火》，载《小说选刊》2010 年第 1 期第 80 页。

镇长黄平揭发了何秀枝和王子尹的肮脏交易，并将他们送进牢狱之后，在镇上，他自己不仅没有得到任何的肯定和支持，反而遭到坚决的排斥，成为孤家寡人，最后不得不成为又一个"失败的英雄"，灰溜溜地离开这里。这使我们禁不住疑惑：倒了一个何秀枝，或许会再出来几个李秀枝、马秀枝、赵秀枝……倒了一个王子尹，或许会出来更多的张子尹、刘子尹、宋子尹……而荞麦们、黄平们则仍将无处立足。这才是这篇小说真正的悲剧性之所在。

　　乍读完这个故事，我们似乎觉得时光倒流，回到了 20 世纪 80 年代，再次经历一个"文明与愚昧冲突"的"启蒙故事"，然而，只要我们看一看小说所呈现的颓败的乡村社会图景，就知道小说所描写的绝不是一个新启蒙的故事，而是为农村呼唤"暖流"的故事。这里所说的乡村颓败，是指乡村社会的"沙化"问题——人才严重流失，因而缺乏再造的社会基础。在这篇小说中，除了何秀枝这个偏远山村的乡村"女强人"和黄平这个意外进入这片化外之地的"外来者"之外，我们几乎看不到其他的人，尤其是健康的人，健全的人。这种"人才"匮乏的现象在《云上》的姊妹篇《暖》中表现得更加淋漓尽致，更加触目惊心——正因为乡村社会的严重"沙化"，才逼得小等这个才十二岁的小女孩不得不与奶奶相依为命，并承担起沉重的家庭负担。不幸的是，奶奶在生活的重压下疯了，一到夜晚就鬼魅一样咿咿呀呀，舞刀弄棒，吓得可怜的小等不得不在晚上到独居的乡村教师庆生家去睡觉——开始时，她是想在无助中得到一点帮助，可后来她竟本能地想像个小壁虎一样依附在庆生的怀里安睡，求取一些久违了的"暖"。

　　但这，却有违乡村的伦理观念，也使"老光棍"庆生陷入无边的苦恼和困惑之中，在村主任周好土（这也是一个"残疾人"，精神意义上的残疾人）点拨下（正是他的点拨使小等失去了最后的"暖"而走上绝路），庆生不得不狠心将小等拒之门外，将其推入无边的雷雨之夜和孤独之中，最后，在轰然作响的霹雳和刺人眼目的闪电中夭亡。

依小说所提供的现实来看，挽救小等的唯一出路在于呼唤她那在"南方"打工的妈妈回归——可她为了"等"来一个男孩儿，为了挣钱养家糊口，为了躲避沉重的社会负担，躲在"南方"不肯回家了。而这个逃避家乡的母亲的故事暗示我们，拯救乡村的有效途径之一就是呼唤人才的回流，呼唤那些年轻的、健康的、有知识、有眼光、有魄力、有担当的人回到乡村去。这样的人是乡村真正缺乏的"有机肥料"。有了他们的呵护，乡村将不再冰冷。有了他们的"再生"，乡村将获得涅槃的可靠基础。因而，他们的回流，对在冷清中等待已久的乡村而言，将是一股真正的"暖流"，一股真正强大的"暖流"。而有了这回归的"暖流"，来源于政府的制度性温暖也才能真正落地，并最终实现与前者的对接和交流，在乡村激发出更为强大的社会活力。

这是《云上》借"新启蒙"的老套子讲述的新故事。这个新故事的重心不在批判乡村的愚昧上——这是小说叙述的副产品，不在批判权力的颟顸上——小说里当然有这样的意蕴，甚至也不在对乡土的人道主义关怀上——这早已是文学界的老生常谈，而是在呼唤开辟一条畅通的渠道，使乡土能得到一个人才回流的机会和机制，从而使"暖流"遍布乡村，温暖乡村，从而使荞麦和小等们不再疼痛，不再寒冷。

这样的观察，无疑是深刻的。这样的呼唤，当然是深沉的。

（原载《文艺理论与批评》，2010 年第 3 期；《新华文摘》选载，2010 年第 21 期）

"新红色叙事"的五副面孔

　　所谓的"新红色叙事",指的是近几年以革命历史题材为背景而创作的一系列文艺作品。之所以在命名中强调"新"这个字,是因为这些作品与"十七年"时期所创作的"红色经典"(特别是被研究者们统称为"三红一创"的《红岩》、《红日》、《红旗谱》、《创业史》)等"老红色叙事"相比较,具有不同的新质。这些"新红色叙事"作品的"新质",并非主要体现在其创作时间的晚近上,而更体现在伴随着时间的变迁,由于人们历史记忆模糊,特别是由于自"新时期"以来"新"的历史观、文学观三十多年潜移默化的改造,甚至由于近年来大行其道的流行文化、消费文化等的浸染,诸多为我们所熟知的"新"文化元素融入"红色历史"之中,使我们看到的这些"新红色叙事"作品不再那么纯粹,而是呈现出一种相对"多元"的色彩。在那些比较优秀的作品中,这种多元文化元素的融入,不仅丰富了作品的内涵,而且化作"绿叶",较好地衬托出了革命历史这朵"红花"的明亮光彩。但在大多数"新红色叙事"作品中,这种多元文化元素并未能与红色历史很好地融合在一起,而是呈现出一种相对驳杂的面貌,使这些作品成为一种"杂色"的存在。在有些作品中,"红"甚至只呈现为一种依稀的面影,而在这面影背后，却活跃着诸多非革命、非历史、非文艺的因素。这种多元混生、杂居的状态，不仅并没有使我们感受到其艺术内涵的丰富性和独特的审美特征，反而使我们回想起"红色经典"作品的"一元"特性——当一切都打着"多元"的旗号变得面目不清时，当初曾经被作为艺术形式单调、艺术情感枯燥、艺术活力衰竭的代名词的"一元"文艺反而让我们觉得那么亲切，那么"真实"，那么"丰富"。是的，在那个"一穷二白"的年代里，我们的确没有过多的余裕谈论物质、享受、欲望，乃至情感，而只能在对革命历史的追忆中，在对理想和精神的礼赞中，建构现实，并借此开启通向光辉岁月的大门。可以说，正是由于"红色经典"作品思想、情感和艺术之光的烛照，让笔者既看到了"新红色叙事"作品的新质，也看到了其新负担。

而这一切，都体现在"新红色叙事"作品的五副面孔上。

毋庸讳言，这类作品的第一副面孔是"革命历史"，即：无论这些作品真正的价值指向何在，但都必须将其思想、情感、价值判断等装置在一个革命历史的故事框架中加以展开——这也是这类作品被命名为"新红色叙事"的原因之所在，因为，没有革命历史这个"红色"光环的照耀，绝大多数作品（不论其根本出发点是想挖掘沉潜在这段历史中真正有力量的思想、情感和智慧，从而为现实和未来注入刚健有为的力量，还是仅仅想"消费"这段历史，并在这种娱人娱己中赚个盆满钵满，将真正的革命元素湮没在当下的消费主义文化泡沫中）将黯然失色。曾风靡一时的电视剧《潜伏》就是一个很好的例子。这部电视剧能够吸引万千观众，让其如醉如痴，欲放弃而不得，当然离不开演员淋漓尽致的表演，离不开此起彼伏的矛盾冲突，离不开扣人心弦的故事情节，但如果离开主人公余则成"红色间谍"这种独特的身份特征及其勾连起来的大历史背景，离开主人公为了革命理想甘愿压抑个人的一切情感与利益念想而默默无言地"潜伏"敌营"苦斗"的精神底色，这一切必将减色不少，其艺术魅力也必将大打折扣。电视剧《人间正道是沧桑》前半部之所以高潮迭起，引人入胜，就是因为瞿恩这个人物形象的存在——他的存在，使"革命"焕发出了绚烂的历史之光，照亮了整部戏，甚至照亮了他的对手杨立仁和董建昌，也让他们发散出各自的独特"魅力"。而当瞿恩牺牲后，由于种种主客观原因的限制，他的"继任者"杨立青显然无法承担起这种"为革命代言"的重任，于是"革命"的历史之光渐次淡薄，而整部戏也悄悄地由革命历史叙事转入战争叙事，由国家叙事转入家族叙事，其艺术力量大打折扣。在《潜伏》等电视剧火爆荧屏之后，一些跟风之作也相继上映。客观地说，部分跟风之作，看重的不是革命，不是历史，而是收视率，是市场，是利润——他们突然发现，原来他们一直不屑的革命历史当中，竟然蕴含着如此巨大的市场潜力（其实，革命历史这段峥嵘岁月本就是一座艺术的富矿，只是由于多年来"告别革命"的"歪经"念多了，人们习惯成自然，忘记发掘），于是便一哄而上。这也从另一个侧面说明了革命历史这副"红色面孔"的重要性。

这类作品的第二副面孔是"悬疑"——这是一副有时代特色的面孔。稍微熟悉"十七年文学"的读者或观众会注意到，跟传统的"红色经典"作品在题材选择上高度关注革命者意志的坚不可摧（如《红岩》）、关注革命战争的曲折与宏阔（如《红日》）、关注革命历史的波浪式前进、螺旋式上升（如《红旗谱》），因而其叙事空间基本上开放性的、其叙述也是大开大合的不同，"新红色叙事"作品却大多聚焦于"谍战"，特别是"红色间谍"题材，因而其叙事空间相对"封闭"，其叙述也相对节制、精微。可以说，作者注目的是"茶杯里的风波"，并试图以此反映大的历史波动。这样的题材选择，自有其历史与现实价值：一是在一定程度上，这的确是一片被遗忘的角落，现在重现加以挖掘、表现，弥补了革命历史叙事中的一个缺憾，使革命历史叙事的拼图更加完整；二是相比较于传统红色叙事作品中革命者在开放空间中大无畏的革命英雄主义形象有所不同，这些作品更强调革命者在封闭空间中不为人所知的英雄行为与革命英雄主义精神，这又从另一个角度丰满了革命者的形象，丰富了革命精神的内涵，比如《潜伏》中余则成在封闭得近乎压抑、压抑得近乎疯狂的空间里的成功"表演"，逼真地呈现出了革命者的大智慧与"大心脏"，令人感佩，这毫无疑问既是思想上的成功，也是艺术上的成功；三是这类作品往往将视角深入人物内心，通过人物瞬息万变的内心变化来把握事件的演进和情节的展开，因而在叙述上要求格外精微，格外细腻，这在一定程度上拓宽了革命历史题材作品的叙述空间，比如界愚的中篇小说《邮递员》①，就展示了相当高妙的叙述技巧，将几位主人公，特别是仲良和苏丽娜纤细而隐秘的心路历程极其到位地呈现了出来，既引人入胜，又耐人寻味。在看到"新红色叙事"作品题材选择的上述意义之后，我们也不得不明确指出，许多作品之所以选择这一题材，不是出于自觉，而是出于本能，不是出于主动建构革命历史的自觉，而是出于追逐市场利润的本能，因为，这样的题材选择很容易跟"悬疑"挂上钩，而这是最近几年来最为流行的热点题材之一，极其吸引眼球。明白了这一点，我们就不难理解为什么在许多作品中，作者将大量的精力投注到安排"悬疑"的排列和推进上，不惮其"曲折"，不惮其麻烦，甚至因此而忽略了故事的整体性。因此，我们可以说，这是"消费市场"对文艺强力改造的当下"成果"之一。

这类作品的第三副面孔是爱情——这是最有意味的一副面孔。在传统的红色叙事中，爱情故事相对较少，甚至完全没有踪影，这也是"新时期"以来对其进行批判的理由之一——压抑爱情，压抑

----

① 载《人民文学》2010年第8期。

人性。在"新红色叙事"作品中，爱情得到了全方位的解放。这一点，在畀愚的中篇小说《邮递员》中表现得相当充分：少年仲良之所以走上革命之路，做起了"红色邮递员"，与其说是出于"家仇"——他的父亲被日本特务所残害，不如说是出于对爱情的追寻——对苏丽娜一生的追随。如果跟传统红色叙事中由"家仇"而"国恨"的叙事策略加以比较，这一改变是根本性的。在《红灯记》中，正是通过李奶奶向铁梅痛说革命家史这关键的一笔，"家仇"有力地转向"国恨"，铁梅也因此而进一步坚定了自己的革命意志，成长为革命新一代。长江后浪推前浪，一浪高一浪。这渐次高涨的革命浪潮的原动力之一就是"家仇"。但在《邮递员》中，"家仇"固然深似海，这也是仲良走上"邮递员"之路的缘由之一，但却不是根本性的动因。他之所以心甘情愿地长期干起了"邮递员"，似乎跟苏丽娜那慵懒而淡漠的美有关，跟他对苏丽娜的一见钟情有关，跟他对爱与美的想往有关。

　　这一改变，影响深远。这一叙述不仅潜在地瓦解了经典红色叙事的策略之一，而且自然而然地引出了"新红色叙事"作品的第四副面孔——人性，人情，从而为深层次地瓦解（历史无意识？）经典红色叙事储备了又一有力的武器。"新时期"以来对"革命文学"的一个重要批评就是其缺乏人性美、人情美，因而人性与人情成为"新时期"以来的文学关键词之一，但在近三十多年的重复中，人性与人情的本质也发生了潜在而深刻的变化，特别是由于消费主义文化的侵蚀，在一些作品中，人情与人性逐渐简化成欲望乃至性欲——这一当初播下的是"龙种"，收获的却是"跳蚤"的喜剧性变化，令人既啼笑皆非，又感慨莫名。客观地说，在一些"新红色叙事"作品中，关于人性与人情的把握还是很到位的，比如《人间正道是沧桑》中瞿恩与杨立华相爱而不能爱的悲剧，就在呈现主义与爱情二者鱼与熊掌不可得兼的困境时，既凸显了革命者"流泪豪杰"儿女情长的人性美、人情美，又凸显其为追求民族的解放、人类的明天而不得不"放弃"个人幸福的高贵情怀，而且在这一矛盾中激发出强烈的艺术张力，十分感人。但是，在一些作品中，人性与革命不仅不能互为动力，碰撞出灿烂的光彩，而且本末倒置，使革命成了人性的铺垫，更为粗劣的是，个别作者甚至从自己的主观想象出发，随意涂抹历史，将革命的故事讲成了性的故事。客观地讲，我个人认为畀愚的《邮递员》是一个出色的爱情故事，是一个富于人性美的故事，但却不是一个出色的革命历史故事，尽管我们通过仲良和苏丽娜传奇而又曲折的一生，依稀看到了革命者为理想而不惜牺牲生命上下求索的脚步。当晚年仲良目睹苏丽娜因不堪迫害而跳河自杀的尸首之后，没有"流露出过分的悲伤"，而只是意外地想起了"所有与他有关的死去的人们"之后，我们看到，饱经沧桑的仲良不仅在无边的人性面前颠覆了自己"革命"的一生，而且也几乎颠覆了无数人为之奋斗、牺牲的革命的合理性与正义性……

也由此，"新红色叙事"的第五副面孔——反思革命——浮出地表。这是"新红色叙事"作品中最为悖论的一笔。在《邮递员》中，仲良和苏丽娜为革命忠实"潜伏"，甚至在与组织失去联系之后，也仍然自动自觉地履行职责，想方设法传递情报，可解放后，这些革命的"功臣"不仅没有得到应有的光荣，反而陷入屈辱之中——由于上线早已牺牲，身份无法证明，苏丽娜被当作"敌特"而被反复讯问，"文革"中命丧苏州河；仲良也由于无法证明自己的身份，只好到自己原先潜伏的小邮政局做起一名真正的邮递员……这样的"革命"经历，不能不让人心生反思，不能不使人思考历史的洪流中个人命运与国家、民族命运的交织与抵牾。写到这里，笔者禁不住再次想起了由电视剧《潜伏》的结尾而引发的一股热议。这部以高扬革命理想为主旨的电视剧，在结尾时竟然也"自摆乌龙"，由于组织"冰冷"而引发"孔雀东南飞"的人间悲剧——

余则成到香港与联络人接头，当余则成问"上线"是否找到翠平时，原剧中的"上线"说"没找到，找到了还能怎么样，你们已经不可能在一起了"——让广大电视观众愤愤不平，议论不休，部分电视台不得不在播放时加以删改，进行重新配音，加上"上线""这么优秀的同志必须找到"的温暖配音。

这个有意味的插曲再次提醒我们，"新红色叙事"作品中压抑不住的"反思"声音一再出现，并不是出于个别作者的单独意愿，而是历史无意识的本能冲动，是多年来非历史、非革命叙述的结果，因而很值得我们对其做症候式的解读。我们对"新红色叙事"作品进行症候式解读，也不是为了走"回头路"（历史永远无法重复），重回"十七年文学"，重回"革命文学"，而是为了指出：当我们站在现实的立场上重构历史时，必须最大可能地尊重历史，因为，历史不仅是我们来时的路，也是我们去时的路。我们怎样对待历史，历史就怎样对待我们。具体到文艺创作中，我想指出的是："新红色叙事"作品对作者"解读"历史、"叙述"历史的能力要求较高，因而如何既能在历史中加入新的时代元素，又能保持历史的"真实感"，既能使作品具有鲜明的时代特色，又能有效地激活历史，特别是能够保持革命精神的纯粹性，使之不被时尚元素所淹没乃至涂抹，是一个严肃的课题，也是所有对这类作品感兴趣的作者应思考的一个大问题。因为归根结底，我们想要的，不仅是文学的胜利，而且还是历史的胜利。

（原载《文艺理论与批评》，2010 年第 6 期）

我们为什么写不好农民

——以赵树理为参照谈农村题材作品创作

关于中国农村，在社会学那儿，有一个朴素而美丽的名字。这个名字叫"乡土中国"。从狭义上理解，这个命名主要是对这门学科的研究范畴——乡土——进行界定。然而，如果从广义上理解的话，这个命名的内涵则更丰富。它告诉我们：中国是一个乡土——农民——国家，就像丰饶的土地里埋藏着珍贵的种子一样，在这片广袤的乡土中，也蕴藏着这个国家的"心脏"。在这里，既有丰富的故事，也有绚烂的思想，等着我们去挖掘。

然而，笔者却不得不遗憾地指出：在以书写为己任的文学中，我们几乎感受不到这颗"心脏"的律动。之所以这么说，并不是因为我们没有书写乡土中国的作品——当然，与其他题材作品相比，这样的作品并不算多，而是因为即使在有限的书写中，我们所呈现的，也不过是一个同质化的农村世界。在这样的世界里，我们不仅看不到这个乡土国家曲折展开的历史，而且也看不到生动活泼的农民生活，甚至看不到真实而美丽的乡村风景……

让我们从现代文学的集大成者鲁迅展开我们的叙述吧。

如果盘点一下鲁迅的小说，尤其是农村题材小说，我们会发现一个有意味的错位：即使有时候"哀其不幸，怒其不争"，但毋庸讳言，鲁迅对自己笔下的"小人物"怀有一种难以言说的深情，可奇怪的是他笔下的农民却多是一些没有自我的"影子"。鲁迅笔下的农民，比较健康的似乎只有《社戏》中无邪的双喜们。不过，如果剥除因"朝花夕拾"而洋溢出来的温暖气息，这里清新的景象也立刻变得灰暗起来——双喜和阿发不过是另一位少年闰土，若干年后，也将变成一位只会低声叫老爷的"木头人"。

在我看来，鲁迅作品中理智与情感之所以错位，是因为启蒙主义历史观的遮蔽。启蒙是一束单向度的光，在照亮世界的同时，却忽略了自身的黑暗。这样的黑暗，在鲁迅笔下就呈现为这样的悖论：在戳穿乡村士绅的丑恶嘴脸并向其发动猛烈攻击时，他却无法在农村找到一种革命性的替代力量，他甚至无法直面一个包括迷信、礼仪、戏剧等在内的农村文化生活世界，无法想象一般民众的文化生活及这种文化生活在形成一个民众共同体的过程中所起的伟大作用，因而，只能在彷徨中陷入"无物之阵"。

由于启蒙主义历史观的遮蔽而使农村在文学中呈现为一片"绝望的土地"的创作并未由鲁迅始，由鲁迅终，而是蔓延开去，形成了一个"写实"的乡土文学传统。这一传统，不仅贯穿现代文学始终，而且延伸到80年代的"知青文学"和"寻根文学"中。在这样的文学传统中，与都市相对立的农村演化为文明的对立面，几乎承担了旧文明所有的黑暗面，农民身上也蕴积了几千年"精神奴役的创伤"，因而，需要"改造"其"国民性"。

在开创"写实"的乡土文学传统之时，鲁迅也以《故乡》等作品开创了"抒情"的乡土文学传统。然而，值得强调的是，这一由鲁迅开创、沈从文集大成、汪曾祺等细化的文学传统，仍是对乡土中国的一种遮蔽。不过，与"写实"的乡土文学用黑暗遮蔽不同，它是用美丽遮蔽。因为，随着作家在都市生活的重压下不断"美化"乡村从而为心灵诗意地栖息寻找精神家园，我们发现，农村逐渐被从现实中隔离开来，烟火气息越来越淡，而里边的人，也逐渐被客体化，演变成一条河流，一株野草……

在当代文学中，中国农民的遭遇并不比在现代文学中幸运多少：在"伤痕文学"和"反思文学"中，农民成了知识分子浇自己"块垒"的"酒杯"，因而，在"伤痕文学"和"反思文学"嘹亮的哭喊和微弱而单向度的反思中，我们看到的多是穿着农民外衣的知识分子，而不是真正的农民；在"新时期文学"中，由于一心想告别"黄色文明"而拥抱"蓝色文明"，告别"革命"和"崇高"而拥抱新自由主义，中国农民再次被新启蒙主义的光束"照耀"得丑陋而暧昧；在"先锋文学"中，由于作家向往极端的文体实验和精神的凌空高蹈，因此，在他们笔下，农民成了词语的碎片；令人更加忧虑的是，当作家从文体实验的狂欢中觉醒，想回归现实主义时，文学阵地几乎被消费主义淹没了。在消费主义的文学作品中，要么对农民视而不见，不闻不问，要么由于自己"力比多"过剩，而将农民／农民工写成性欲旺盛的"动物"，而这，却不过是想引发市场的共鸣，从而大赚一笔……

值得注意的是，在理论界倡导下，"底层写作"成为这两年颇具活力的文学实践，并在一定程度上敞开上述囚禁，将农民解放出来。然而，如果仔细翻检这两年的"底层写作"，我们却不得不承认，总体而言，由于思想不足，更由于生活隔膜，在"底层写作"中，农民也面临着被本质化的危险：他们要么被呈现为无力的弱者，要么被呈现为偏执的对抗者。在这样的书写中，我们不仅看不到一点希望的灯火，而且也很难挖掘其丰富性。

在文学史上，与上述——不包含"底层写作"——漫长而灰暗的叙述相比，赵树理的创作可谓昙花一现，但却是一种璀璨的存在。即赵树理像黑暗中的一支火把，照亮了书写底层的道路。

赵树理给我们的第一个启示就是他对农民的态度问题。

与启蒙主义仅仅把农民当作需要"照亮"的他者不一样，在赵树理那里，农民是一个能动的客观存在，既有无边的困难压迫他们，也有丰富的可能性召唤他们。与人道主义仅仅把农民当作歌哭对象不一样，在赵树理那里，农民是他同气连枝的父老乡亲，因而一荣俱荣，一损俱损。与先锋作家仅仅把农民当作叙述符号不一样，在赵树理那里，农民始终是活生生的生命，容不得半点造次。与消费主义者把农民异化为"性动物"更不一样，在赵树理那里，农民是历史的主体，既平凡，又伟大。

正是这种正确的态度，使赵树理与农民打成一片。美国友人韩丁曾在晋东南参加土改运动，他认为"吃派饭是真正的考验"，必须具有非凡的毅力，才能做出若无其事的样子吃饭，但是，"通过吃派饭同人民建立的联系，是参加一千次群众大会也无法做到的"。韩丁的话，在突出吃派饭的意义时，也彰显了吃派饭的"痛苦"。然而，在赵树理那里，吃派饭似乎是一件乐事：在农村，他总是拒绝吃小灶，而是不嫌脏，不嫌差，一户换一户地吃派饭，而且，不论到谁家，他都像回到自己家一样，拉家常，闹家务，看到别人忙着和面，他就去烧火，看到小孩在炕上哭，他就去抱起来……在公社里，他不是和干部一起开会，忙着帮他们订计划、算账，就是和社员一起在农田里摸爬滚打，有时候，还眉飞色舞地唱上一段……

正如他一生的朋友王春所概括的，长期深入生活，给赵树理带来了"三件宝贝"：懂得农民的思想，熟悉农村各方面的知识、习惯、人情等，通晓农民的艺术。这成为他取之不竭的艺术源泉。我们发现，他的每一部作品，几乎都有生活原型：《小二黑结婚》是在岳冬至和智英祥的现实故事上构思而成的，这故事是他在左权县做调查时发现的；《邪不压正》是他工作过的赵庄发生的故事；《三里湾》的故事则来源于他工作过的川底村……

这种深入生活的作风，往往还能使他推陈出新，化腐朽为神奇。比如，孟祥英是太行山上"半边天"的一面旗帜，是生产渡荒的女英雄。赵树理本也想写她的英雄事迹，可深入生活后却发现了"不是孟祥英怎样生产渡荒，而是孟祥英怎样从旧势力压迫下解放出来"的深层意义，因而，在《孟祥英翻身》中，他就写了孟祥英怎样"从不英雄变成英雄"的故事。

这种丰富的积累，使他即使赶任务也能"赶"脍炙人口的作品。1951 年 5 月 1 日，关系到亿万中国妇女切身利益的《婚姻法》公布实施，面向大众的《说说唱唱》自然要迅速配合、大力宣传，可编辑部没有现成的稿子，于是决定自己来写。可谁也不敢接这个"烫手的山芋"，推来推去，这任务落在了主编赵树理头上。出人意料的是，赵树理很快就"赶"出了《登记》，以至于他的朋友、《说说唱唱》编委之一马烽感慨道："如果这任务落在我的头上，即使给我半年时间专门去搜集资料，也不可能写出这样动人的作品来。"在总结赵树理之所以能又好又快地完成任务的原因时，他一针见血地指出："最根本的原因还是他生活基础雄厚，脑子里早就形成了那些呼之欲出的人物。"

也正是因为与农民融为一体，对农民的一切都了如指掌，使他创造的艺术形象格外生动，影响深远，使读者如痴如醉。比如，一位战士在看了描写老实本分的农民是怎样被妖魔化为"二流子"的作品《福贵》后，感同身受的他产生了强烈的共鸣，激发了对敌人的强烈愤恨，在战斗中奋不顾身地炸毁了敌人的碉堡。

赵树理给我们的第二点启示是世界观 / 文学观问题。

日本九州大学的本科生冈本庸子提交给老师竹内好的作业分析了赵树理的小说《李家庄的变迁》。这位"旁观者"发现：与欧洲文学作品中的堂·吉诃德、哈姆雷特等以自我为中心的"个人英雄"不同，在《李家庄的变迁》中，主人公在完成典型时，就迅速转移到背景中去了，即虽然事件围绕着一个或几个主要人物发展，但从作为直接原因及结果表现出来的情况看，事件的发展却与个人并无利害关系，而是关系到集体的命运。写到这里，冈本庸子情不自禁地用抒情的口吻写道："他们通过抛弃自己和自己所处的世界，而获得了更加广阔的世界，并在那世界中得到了自由的自己。没有得到自己安身的环境这件事本身，说明了他们可以在无限广阔的空间游弋。也就是说，他们可以悠然自得地生活在与自己息息相通的世界之中。"在她看来，与欧美文学所着力强调的"个人主义"、"英雄主义"哲学相比，赵树理通过《李家庄的变迁》所宣示的"通过抛弃自己和自己所处的世界而获得更加广阔的世界"的哲学是一种更能安身立命的哲学。

冈本庸子所分析的，就是赵树理的世界观/文学观。

这新颖的世界观提供了源源不断的精神动力，推动赵树理突破现代文学沉溺于自我的局限，步入"人民文学"的殿堂。

由于启蒙主义现代史观的局限，现代文学往往在诸如文明/愚昧、现代/落后等二元对立的框架中书写，然而，恰恰是这一僵化的框架，将作者与读者、书写者与大众隔离开来，压抑了现代文学的生机。可由于赵树理孜孜以求的艺术和人生境界是作者与读者、个人与社会的有机融合，这促使他不断质疑二元对立的现代文学史观，并从古典文学和民间文学中汲取营养，突破了现代文学作者与读者对立的枷锁，不仅开创了一种为老百姓所喜闻乐见的"地摊文学"传统，而且还推动现代文学从"个人"的小圈子中走出来，走向"为人生"的"人民文学"的广阔天地。

从小说内涵来看，赵树理还发展了"人民文学"。

如果简要概括人民文学的特征，那就是个性寓于共性之中，个体并非不是从整体中选择出来的，但选择出来是为了服务于整体，因此，它只具有部分的意义。从某种意义上说，这是不重视个人的文学。但就像在《李家庄的变迁》中让主人公完成典型后就迅速回归宽厚的背景一样，赵树理也以一种艺术的方式在强调整体的同时，维护了个体的自由，即他在创造典型的时候，并不是从一般事物中找出个别事物，而是让个别事物以其本来面貌溶化在规律性的事物当中。也就是说，在赵树理的作品中，尽管不无宏大的构思，但我们却永远找不到与生活隔离的人物。而且，在这个"艺术还原"的过程中，由于经历了矛盾斗争，个体和整体都波浪式前进、螺旋式上升了，最后达到了一个更高的起点。

正是由于上述原因，如果系统阅读赵树理的小说，我们会发现，尽管其内容丰富多彩，但其主题却十分明确，并以一种特有的倔强方式缓慢地生长着：在《小二黑结婚》中，他呈现了一个黑暗与光明交替的世界，并展现了农民走出黑暗、走向光明的喜悦之情；在《李有才板话》中，他以绵密的手笔分析了农村复杂的阶级关系及党内官僚主义的严重危害，似乎要警示人们，新生活的得来并非那么容易；在《李有才板话》中，他以更宏阔的视阈、更细腻的手法再现了以封建宗法礼仪为维系的乡土中国在封建主义、帝国主义双重压榨下逐渐瓦解的过程，以及人民从鲜血淋漓的废墟上挣扎着站起来艰难而坚定地走向远方的生动图景；在《三里湾》中，他第一次全景式地正面描写农村互助合作运动，在展现这一现代规划的现实展开及其深远意义时，也还提醒人们前进的道路并非一马平川；而《套不住的手》和《实干家潘永福》则在对陈秉正、潘永福这样有理想、能实干的农民进行褒扬时，委婉地批评了那些空想务虚者，从而发展了《三里湾》的主题……

随着主题的延伸，我们看到，那一个个生动的文字终于在时空交织中衍生成一个完美的艺术世界。那些遥远的村庄中朴素的农民告诉我们：他们要告别旧世界，迎接新生活；但他们还告诉我们：这告别是多么的痛苦，而这迎接又是多么的艰难。

最后，再谈谈赵树理小说的语言问题。

鲁迅的小说《阿Q正传》问世后，有感于其忧思之深广，刻画之深刻，左翼剧作家袁牧之用绍兴话将其改编为戏剧，在《戏》周刊上连载，并兴冲冲地给鲁迅写了一封公开信，希望他能"发表一点意见"。鲁迅的确发表了意见，但却不是袁牧之希望的意见。在《答〈戏〉周刊编者信》中，鲁迅用三个环环相扣的诘问（未庄在那里？阿Q该说什么话？阿Q是演给那里的人看的？）几乎否定了改编者的一切努力。一向支持左翼文艺运动的鲁迅在这个问题上之所以如此决断，是因为担心不合时宜的方言化会影响艺术的影响力。因此，他建议："现在的办法，只好编一种对话都是比较的容易了解的剧本，倘在学校之类这些地方扮演，可以无须改动，如果到某一省县，某一乡村里面去，那么，这本子就算是一个底本，将其中的说白改为当地的土话，不但语言，就是背景，人名，也都可变换，使看客觉得更加切实。"

鲁迅忧虑的是文学语"大众化"和"方言化"的关系问题。这是中国现当代文学中一个没有得到很好解决的问题。新文学伊始，由于过分欧化，客观上影响了其传播，因此，就有了"方言化"的努力，但由于分寸把握不当，实绩甚少。"新时期"后，文学语"方言化"再次崛起。但此次"方言化"的动力与以前有所不同，部分作家用方言书写其实有一个强烈的预期，即期待批评家，尤其是海外批评家"欣赏"他们"民族化"的语言，从而将其作品引渡到海外去。这样的实践虽然在一定范围内博得了些许叫好声，但其实效则应该在谨慎乐观的基础上进行客观评估。

在这方面，赵树理的实践，又是一个有益的借鉴。

大概与鲁迅有相同的考虑，所以，赵树理格外关注文学语"方言化"和"大众化"的关系问题，并在实践的基础上，创造了以山西人民的口语为基本"音节"，以现代汉语、民间文学中的词汇和我国古典文学中的词语为基本"音符"的有独特"旋律"的民族化、大众化的文学语言。这种语言朴素、晓畅、明快、风趣，既合乎全民族的、规范的、雅俗共赏的文学语言标准，又是文学创作中不可多得的"性格化"语言。譬如《小二黑结婚》中"二诸葛"乞求区长"恩典恩典"，不叫小二黑跟小芹结婚那段，不仅方言气息浓郁，而且格致规范，读起来也朗朗上口，易于流传。

写到这里，这篇文章就要结束了。

我想提醒有志于书写"底层"的朋友们，由于全球资本主义的鲸吞蚕食和小农意识的浸渍侵蚀，中国农村不仅面临经济困顿的危机，而且面临组织瓦解和文化衰落的危机，但由于农业定国安民的基础作用和战略地位，我们的社会主义国家不会也不能坐视其逐渐沉沦，因而积极开展新农村建设，从经济、组织、文化等方面重塑乡土，促其涅槃。换句话说，目前，乡土中国正处于大转折的历史紧要关头，既面临着史无前例的挑战，也迎接着前所未有的机遇。因此，我们有责任以赵树理为榜样，投身到无边的现实中去，在农村汲取丰腴的营养，并为之发出丰盈的歌唱。

（原载《小说选刊》，2007 年第 10 期）

现实主义：依然广阔的道路
——"路遥现象"对当下长篇小说写作的启示

当下，中国长篇小说创作，处于一种奇怪的态势中：一方面，是数量空前，近年，每年正式出版／发表的长篇小说都达四千多部，甚至接近五千部——从国家书号中心的统计数字看，2014 年正式出版的长篇小说约 4100 部，2013 年这一数字更高，达 4800 多部；但另一方面，数量如此庞大的长篇小说，真正有影响力的却少之又少。因而，"有数量无质量"成为对近年长篇小说创作的一个流行的客观概括。

"有数量无质量！"细细体会，就会发现这一评价有多么严厉。

对当下长篇小说创作感到不满的原因很多，其中一个重要原因就是文体意识不足，也就是说，许多长篇小说作者缺乏文体自觉。客观地讲，现在许多长篇小说虽然动辄数十万言，厚厚一本，看上去很有"长篇范儿"，但认真追究的话，无论从叙事方式上看还是从小说结构上看，甚至从小说语言上看，这些作品都算不上长篇小说，而只能算作中篇小说，而且还是因为注了水而显得格外臃肿的中篇小说。正是出于这个原因，对长篇小说的文体问题进行反思、研究十分必要。但值得注意的是，文体问题往往是"结果"，而非

"原因"，因而就文体问题谈文体问题，固然重要，但也有一定的局限性，所以，需要超越文体问题，从其他角度切入加以考察，以为反思文体问题提供一个更为宏观的视野。在本论文中，笔者就打算从"方法论"这一角度入手，从对"现实主义"这一文学方法在中国现当代文学史上的流变入手，考察其对长篇小说创作的影响，尤其是对长篇小说文体的影响。

为了使考察更有针对性，笔者想从"解剖麻雀"入手。这个"麻雀"，就是因电视剧《平凡的世界》热播再次引起关注的"路遥现象"。

"路遥现象"指的是"新时期"以来中国文学界的一个"怪现象"：已经凭借中篇小说《人生》确立自己在"新时期"文坛地位的路遥，呕心沥血，于1985年秋至1988年春创作出反映中国自革命年代进入改革年代后十年巨变的三卷本长篇小说《平凡的世界》后，在文学界和读者那里，竟然产生了截然不同的反应——普通读者十分喜爱这部小说，如果不是狂热的话；文学界则反应冷淡，如果不是冷漠的话。

普通读者对这部书的喜爱程度，邵燕君在《〈平凡的世界〉不平凡》这篇论文中，通过"几份令人震动的调查报告"进行了生动再现。

第一份让邵燕君"感到冲击"的是一项在业内颇受称道的读书调查："1978—1998大众读书生活变迁调查。"这是由中国科学院生态环境研究中心国情研究室受中央电视台"读书时间"栏目委托，对1978年以来中国公众的读书生活及历史变迁进行的调查研究。邵燕君强调指出，这一调查虽然"范围限于北京，但调查结果被认为对全国出版业有参考价值"。[①] 该调查中有一项是关于"20年内

---

① 邵燕君：《〈平凡的世界〉不平凡》，《小说评论》，2003年第1期，第58页。以下关于调查情况的文字，除特别注明的外，皆转引自邵燕君的这篇论文，下文不再一一注明。

对被访者影响最大的书"的调查，调查方法是分几个时间段，由被访者①根据回忆列举出在每个时间段内对自己影响最大的书。调查者根据被访者所列举书目进行综合统计，统计结果是：在1985—1989年间，对个人影响最大的书籍居前3位的依次是《红楼梦》、"金庸作品"、《水浒传》，"新时期"小说中，入选的唯一作品是《平凡的世界》（第17位）。在1990—1992年期间，居前3位的依次是《读者文摘》杂志、"金庸作品"、《红楼梦》，共有5部"新时期"小说榜上有名，分别是《平凡的世界》（第13位）、"贾平凹作品"（第16位）、《穆斯林的葬礼》（第19位）、《白鹿原》（第24位）、《曼哈顿的中国女人》（第28位）。在1993—1998年期间，居前3位的依次是"经济学书籍"、《中国可以说不》、《读书》杂志，《平凡的世界》位置明显上升，到了第7位，其他被列举的"新时期"小说还有《曾国藩》（第17位）、《白鹿原》（第29位）、《穆斯林的葬礼》（第30位）、"王朔作品"（第37位）、"贾平凹作品"（第39位）。在此基础上评选出来的"到现在为止对被访者影响最大的书"居前3位的是：《红楼梦》、《三国演义》、《钢铁是怎样炼成的》。在这个排名中，《平凡的世界》排在第6位——在公布的前28部作品中，除《平凡的世界》外，再没有其他"新时期"以来的当代小说。

　　第二份对邵燕君产生冲击力的调查是由唐韧、黎超然、吕欣于1988年进行的"茅盾文学奖获奖作品调查"。这是针对茅盾文学奖前4届20部获奖作品的接受情况所进行的一项全面调查，调查范围集中在广西地区，收回有效问卷的470位读者中，大部分为在校文科学生（354位），也有从事记者、编辑、大中学教师、会计、工程师等工作的人员，年龄在30岁以下的读者占绝大多数（369位）。

---

① 被访者共有1000位，其中500位为街区随机抽样访问，500位为书店、书摊随机拦访。调查者认为这样的抽样方式可以更准确地呈现出北京人的读书状况。

这次调查的重点本来是针对《白鹿原》的接受和评价状况的，但结果却"耐人寻味"：调查结果表明，在 20 部获奖作品中，读者购买最多的是《平凡的世界》（占读者总数的 30%），读者最喜欢的作品也是《平凡的世界》——324 位回答该问题的读者中，有 145 人将之列为"第一喜欢的作品"，将其列为"最差作品"的仅 1 人。

在邵燕君做的"一手调查"中，情况如出一辙：在北京大学图书馆做的图书借阅率调查显示，从 1999 年 7 月起到 2002 年 5 月止的离当下最近的三个学年，《平凡的世界》这部 1986 年问世的作品，借阅率并不低于在它之后陆续出版的曾轰动一时或正在轰动的纯文学作品：《平凡的世界》平均每套的借阅人次为 21.5，陈忠实的《白鹿原》为 22 人次，贾平凹的《废都》为 31 人次，余华的《活着》为 24.5 人次，阿来的《尘埃落定》为 19 人次，王安忆的《长恨歌》为 20 人次。与正在走红的畅销小说相比，《平凡的世界》也相差不远：张平的《抉择》为 23 人次，周梅森的《人间正道》为 17 人次；卫慧的《蝴蝶的尖叫》为 24.5 人次，池莉的《来来往往》为 34.5 人次。

邵燕君于 2002 年 6 月在北京大学一年级的一个数学班中所做的问卷调查，结果更直观也更令人震动：47 位接受调查的同学中，三分之一的人（16 人）读过《平凡的世界》，远超余华、莫言、□□等 20 世纪 80 年代以来的当红作家，更远超张平、周梅森等"反腐作家"。其中，有 5 位同学表示"非常喜欢"，并写下了喜欢的理由。左俊城同学写道："路遥能在平凡中揭示现实生活中的人们所忽视的东西，能有一种感人至深的震撼，在平凡中告诉我们的却是不平凡。生活这本书，路遥读得很认真，抓住了不为常人所注意的农村的生活现实，然后用朴实的语言写出伟大的作品。"李彩艳同学写道："最让人感动的是书中主人公在艰苦环境中奋斗不息的精神。它常常在我遇到困难时给我巨大的精神力量，使我克服它并勇敢地走下去。"①

　　针对《平凡的世界》持续的"读者热"现象，邵燕君将其命名为"现实主义常销书"，并分析说："常销书与畅销书的主要区别在于，它并不轰动一时，但是在读者中有着长久的影响力。这种影响不仅表现在稳定的、'细水长流'的销量上，更表现在对读者认同机制长期、深度的契合上。从时间上看，读者对常销书的认同不仅不会因时间的推移而弱化，相反，随着时势变迁，常销书原本的基础内涵会被赋予新的价值，焕发出新的生机；从认同方式上看，常销书读者的认同更多地表现为个体、一个阶层的小群体间潜移默化的认同。其认同不是停留在愉悦、猎奇等较浅层面上，而是在人生观、社会观等深层价值观念上。通过一部书的凝聚，个体或小群体的这些观念和感悟逐渐融合，可能汇成一股'内力深厚'的社会性的文化力量。这正是《平凡的世界》十几年来在读者中所展示出的'不平凡的力量'。"②

　　新近一些调查资料也印证了《平凡的世界》"读者热"持续升温：2012年2月，山东大学文学院在全国十省城乡进行"茅盾文学奖获奖作品"调查，读过路遥《平凡的世界》的读者占被调查者的38.6%，位列所有"茅盾文学奖获奖作品"第1位；2012年，"文明中国"全民阅读调查中，《平凡的世界》甚至超越《红楼梦》，荣获2012年读者最想读的图书第2名；同年，由北京市委宣传部等17家单位组织的"大众有奖荐书活动"中，《平凡的世界》荣登榜首……③

　　如果说，这些调查的权威性可能存在技术性疑问的话，那么，

---

① 邵燕君：《〈平凡的世界〉不平凡》，《小说评论》，2003年第1期，第60页。
② 邵燕君：《〈平凡的世界〉不平凡》，《小说评论》，2003年第1期，第60页。
③ 厚夫：《路遥传》，人民文学出版社，2015年1月第1版，第376、377页。

对其版本的考察，则进一步凸显《平凡的世界》之"现实主义常销书"本色，据黄平通过比较权威的国家图书馆系统查询，《平凡的世界》大致有如下版本：中国文联出版公司 1986 年出版（1993 年再版）、陕西人民出版社 1995 年版、华夏出版社 1994 年版（1997年再版）、陕西旅游出版社 1999 年版、宁夏人民出版社 2000 年版、中国青年出版社 2000 年版、贵州人民出版社 2002 年版、人民文学出版社 2004 年版、2005 年版（"茅盾文学奖获奖作品全集"版）、2006 年版（"语文新课标必读丛书"版），以及最新的十月文艺出版社 2009 年版。而且，各个版本重印率很高，以人民文学出版社的版本为例，2004 年 5 月出版，到 2008 年 12 月已经是第 7 次印刷，每半年就要加印一次。如果考虑到浩如烟海的盗版市场，则其销量实在令人吃惊。①

对路遥《平凡的世界》持续的"读者热"以及伴随这种"读者热"而来的"再解读"，黄平也进行了理性审视，认为诸多从写作伦理（路遥是真诚的、奉献的写作）、写作对象（路遥是为"普通人"写作）、写作方法（路遥是"现实主义"写作）角度进行的分析"没有触及到《平凡的世界》为流行所触及的'真问题'：《平凡的世界》为底层读者提供了一种超越阶级限定的想象性的满足。以往的研究者轻易略过的是，读者们对于《平凡的世界》的热爱，不是出于文学的理由，而是首先将其视为'人生之书'"。鉴于此，黄平将对于《平凡的世界》的这种"读者接受"的方式称为"励志型"读法。②他指出，"正是在这种'读法'的作用下，《平凡的世界》在学界长久的忽视之下，依然保持着特殊的'经典地位'，以及作为'常销

---

① 黄平：《从"劳动者"到"劳动力"》，参见程光炜、杨庆祥编《重读路遥》，北京大学出版社，2013 年 5 月第 1 版，第 76 页。
② 黄平：《从"劳动者"到"劳动力"》，参见程光炜、杨庆祥编《重读路遥》，北京大学出版社，2013 年 5 月第 1 版，第 79 页。

书'典范的巨大销量"。① 他分析道:"然而, 这种一贯被视为'自然'的'读法', 恰恰是'历史'的产物, 高度关联着 90 年代以来的'历史语境':'市场'丛林法则、城乡二元对立、贫富差距剧烈、社会福利缺失、资源高度集中、利益集团僵化——底层的'流动'越来越艰难, 越来越依赖于'超强度劳动','精神'的力量被不断强化。只要社会结构没有发生根本性变化,《平凡的世界》就会一直'常销'。"②

　　黄平将《平凡的世界》放在"改革开放三十年"的历史脉络中, 加以社会历史性剖析, 这种开放性的解读确实启发多多, 尤其是将时光"层累"在路遥及其《平凡的世界》上的"意义再生物"加以清理, 以再现作家、作品的"原初状态"。但同样毋庸讳言的是, 这种文化研究式的解读也在相当程度上回避了诸如"写作伦理"和"写作方法"这样的"纯文学"问题, 因为, 不对这样的问题进行深究, 我们就无法回答如下问题: 首先, 为什么在那么多的同时代作品中, 唯独《平凡的世界》吸纳了那么多的社会信息, 以至于必须放在"改革开放三十年"乃至更宽广的历史视野中才能予以把握, 而且, 这样的解读似乎日益迫切? 其次, 我们承认对《平凡的世界》的阅读在相当程度上是"励志型"读法, 不过, 即使有 80%的读者是"励志型"读法, 但考虑到《平凡的世界》巨大的发行量, 在自"新时期"至今的文学界, 剩余的 20%的读者, 依然是一个庞大的读者群, 那么, 他们是怎样阅读《平凡的世界》的呢? 或者说, 吸引他们的, 是"文学力量"吗? 如果是的话, 那又是怎样的"文学力量"? 再次, 尽管 20 世纪 80 年代的文学界对《平凡的世界》相对冷漠, 但其实自《平凡的世界》问世以来, 朱寨、蔡葵、曾镇

①② 黄平:《从"劳动者"到"劳动力"》, 参见程光炜、杨庆祥编《重读路遥》, 北京大学出版社, 2013 年 5 月第 1 版, 第 80 页。

南等文艺评论家就对其给予较高评价，进入"新世纪"以来，这样的评价越来越高，特别是 2011 年 6 月 11 日由中国人民大学文艺思潮研究所和美国哥伦比亚大学合办的"路遥与 80 年代文学的展开"研讨会，对路遥及其创作更是进行了全面而又深刻的解读。这些解读除了"文学史"意义上的阐发外，也有相当多的"文学"阐释，而且，这样的阐释越来越多，那么，我们该如何看待这些"文学"阐释？总之，在面对《平凡的世界》时，我们固然要清醒地看到时光附加其上的"意义再生物"，但也要看到其原初的文学力量，即：我们必须找到使路遥及其《平凡的世界》在时光流转中形成一股不可忽视的"社会性文化力量"的"基础内涵"。非如此，不全面。

这样，我们就又回到了"写作伦理"这个看似次要的问题上来。

有研究者将"写作伦理"和"写作对象"分开论述，笔者更愿意合并同类项，将之视为"写作伦理"问题，也就是说，笔者认为"真诚"与否并非考察一位作家"写作伦理"的核心指标，因为，即使在写作商业化程度极高的今天，我们也很难说哪位作家不"真诚"，而且，我们也很难保证"真诚"一定能催生好作品，所以，问题不在于"真诚"与否，而在于对谁"真诚"——不同的"写作对象"往往规定了不同的"真诚"对象，因而，"写作伦理"在相当程度上就是一个"写作对象"的问题。感谢"微信"的出现，使我们知道"朋友圈"是一种怎样的存在，而这，有助于我们理解不同的"写作伦理"。

说得通俗点儿、直白点儿，笔者以为 20 世纪 80 年代中后期流行起来的"现代派"写作，在相当程度上就是"朋友圈"写作，这个"朋友圈"就是由新潮作家和评论家，也包括藏身幕后的新潮编辑，结成的小共同体。换个说法就是，当时，这些新潮作家是极其真诚乃至虔诚的，但他们的虔诚不是针对"沉默的大多数"，不是针对"普通读者"，而是针对极其有限的"精英读者"——新潮评论家与新潮编辑。就像我们今天发一条微信有朋友"点赞"就心情愉悦一样，当时，新潮作家期待的就是新潮评论家和新潮编辑的"点赞"。至于这些新潮作家对消费主义文化、对文化市场"暗送秋波"，则是后来的事情了。

"写作伦理"绝非一个可以忽视的问题，因为，不同的"写作伦理"往往带来不同的"写作姿态"，而不同的"写作姿态"往往决定了不同的"写作方法"，而不同的"写作方法"带来的又往往是不同的"文学文本"。鉴于此，有必要再举一个例子，对此问题进行观察。

客观地说，"现代派作家"的"朋友圈"写作是极其可贵的，因为，这种写作释放出来的更多的是文学真诚与文学雄心，而其实践也确实极大地拓展了文学的疆域。但是，自20世纪90年代以来，我们又看到了另一种写作现象——为获奖而写作的现象。自20世纪90年代以来，尤其是进入"新世纪"以来，一些作家敏锐地感觉到了"诺贝尔文学奖"对中国的热情，因而，"诺贝尔焦虑"格外显眼。为了增加自己在这一竞争中的优势，许多作家针对这一文学奖的"审美趣味"在写作姿态上进行了有意味的调整：有的进行"政治表态"，有选择地发表一些"擦边"言论，以期引起西方评委的注意；有的进行"欲望表态"，在文本中夸大欲望奇观，以迎合西方评委的现代欲望需求；有的甚至进行"语言表态"，使自己的写作在语言上有欧美范儿。这样的写作不可谓不真诚，但真诚指向的是奖杯，或者，奖杯背后的评委。

路遥所选择的，是另一种"写作伦理"——为人民写作。

这一点，只要看看路遥在第三届"茅盾文学奖"颁奖典礼上代表获奖作家致辞时说的一段话，就一目了然。在致辞中，路遥如是说："更重要的是，我深切地体会到，如果作品只是顺从了某种艺术风潮而博得少数人的叫好但并不被广大的读者理睬，那才是真正令人痛苦的。大多数作品只有经得住当代人的检验，也才有可能经得住历史的检验。那种藐视当代作者总体智力而宣称作品只等未来才大发光辉的清高，是很难令人信服的。因此，写作过程中与当代广大的读者群众保持心灵的息息相通，是我一贯所珍视的。"[1] 他用诗一样的语言深情礼赞道："艺术劳动应该是一种最诚实的劳动。我相信，作品中任何虚假的声音可能瞒过批评家的耳朵，但读者能听出来的。只要广大的读者不抛弃你，艺术创造之火就不会在心中熄灭。人民生活的大树万古长青，我们栖息于它的枝头就会情不自禁地为此而歌唱。"[2]

正是这样的"写作伦理"决定了路遥的"写作方法"：现实主义。对此，路遥同样有着清醒的认识与自觉。在类似宣言或辩词的《平凡的世界》创作随笔《早晨从中午开始》中，路遥坦承："我决定用现实主义手法结构这部规模庞大的作品。当然，我要在前面大师们的伟大实践和我自己已有的那点微不足道的经验的基础上，力图有现代意义的呈现——现实主义照样有广阔的革新前景。"[3] 他还进一步解释自己如此选择的心理动机："我已经认识到，对于这样一部费时数年，甚至可能耗尽我一生主要精力的作品，绝不能盲目而任性，如果这是一个小篇幅的作品，我不妨试着赶赶时髦，失败了往废纸篓里一扔了事。而这样一部以青春和生命做抵押的作品，是不能用'实验'的态度投入的，它必须在自己认为是较可靠的、能够把握的条件下进行。老实说，我不敢奢望这部作品的成功，但我

①② 路遥：《生活的大树万古长青》，参见《生活的大树》，中国收藏界出版社，2014年1月第1版，第19页。

③ 路遥：《早晨从中午开始》，参见《生活的大树》，中国收藏界出版社，2014年1月第1版，第47页。

也'失败不起'。"①

对由于自己的"不合时宜"可能带来的困难，路遥也进行了总结。他说："我同时意识到，这种冥顽而不识时务的态度，只能在中国当前的文学运动中陷入孤立境地。但我对此有充分的精神准备。孤立有时候不会让人变得软弱，甚至可以使人的精神更强大，更振奋。"②

这段话，与其看作路遥对自己创作理念的夫子自道，毋宁看作路遥的自我辩护乃至"控诉"，因为，这短短的一段话中，包含着路遥无尽的辛酸与愤怒，而这一切，都与《平凡的世界》波折的命运有关。

《平凡的世界》（第一部）完稿后，路遥很想在自己的"福地"人民文学出版社主办的《当代》杂志上发表，但杂志社派去的一位年轻编辑只看过一部分书稿后就婉拒了路遥；稍后，中国另一家权威文学出版社作家出版社的一位编辑仅看了三分之一稿件，就直言《平凡的世界》是老一套"恋土派"，直接退稿；后来，在诗人子页推荐下，广东花城出版社主办的《花城》杂志终于在 1986 年 11 月第 6 期刊发了这部作品，但在由《花城》和《小说评论》于 1987 年 1 月 7 日在北京共同主办的《平凡的世界》（第一部）座谈会上，再遭打击——出席研讨会的文学评论家近 30 人，几乎囊括了国内当时最权威与最优秀的文学评论家，但除了朱寨和蔡葵等少数几人正面肯定外，其余的基本上都是尖刻的批评与否定，在出席研讨会的白描看来，这次研讨会对路遥的《平凡的世界》（第一部）几乎是"全部否定"。③这样的"冷遇"路遥之前或许有所感知，但恐怕没想到这"冷遇"如此剧烈，因而，即使在事后回顾时，路遥的

①② 路遥：《早晨从中午开始》，参见《生活的大树》，中国收藏界出版社，2014年1月第1版，第47页。

③ 参见厚夫：《路遥传》，人民文学出版社，2015年1月第1版，第208、209、224、225页。

激愤、不平之情仍溢于言表。

关于路遥的"现实主义"写作在"现代主义"氛围中如孤岛对汪洋般的孤独境遇及其成因，已有诸多反思。譬如，自"新时期"以来始终活跃于中国当代文学现场的文学评论家李陀就认为路遥的《平凡的世界》之所以在读者和文学批评、研究界产生"冷热不均"的两极分化，一个很重要的原因在于在《平凡的世界》的写作上，路遥有意无意地在客观上形成了对20世纪80年代以来中国当代文学的一个全面挑战：首先是针对20世纪80年代以"朦胧诗"、"实验小说"、"寻根文学"为代表的新写作倾向的挑战；二是对这些"新潮写作"之外的其他各种写作倾向和潮流的挑战，既包括那一时期很火的"改革文学"（比如柯云路的《新星》），也包括以"写实"为特色的诸家小说（比如张贤亮的《绿化树》），甚至包括"陕军"作家群体（比如陈忠实、贾平凹等的作品），以至于以"新潮批评"为旗号崛起的青年批评家群体及躲在他们背后的青年编辑群体形成"默契"，同仇敌忾，共同抵拒。① 邵燕君更是将其放在"审美领导义"更替的高度上加以反思，在指出几部相当于"文学法典"的中国当代文学史著作中［包括洪子诚的《中国当代文学史》（北京大学出版社，1999年8月版），陈思和主编的《中国当代文学史教程》（复旦大学出版社，1999年9月版），杨匡汉、孟繁华主编的《共和国文学50年》（中国社会科学出版社，1999年8月版］，对路遥的《平凡的世界》要么不置一词，要么一笔带过后，邵燕君分析指出，《平凡的世界》之所以在文学界遭遇"寒潮"，主要原因是："自80年代中期起，一向在文学界居于主流地位的'现实主义审美领导权'开始受到严峻挑战。至少在'学院派'的圈子里，处于实际强

---

① 李陀：《忽视路遥 评论界应该检讨》，《北京青年报》，2015年3月13日，B01版。

势地位的是另一个集团——这里姑且称之为'文学精英集团'。这个集团的核心基本由以'语言学转型'之后的西方理论为主要资源的批评家和研究者组成，他们与纯文学杂志、出版社编辑、专注于文学形式探索的各种新潮作家一起形成了一个布迪厄所谓的'文学场'。以'回归文学自身'为旗帜，这个文学场宣称只遵守文学自身的原则，而在那个特殊的发展阶段，所谓'文学自身的原则'在相当大程度上是以西方的文学标准为参照系的。西方的强势话语有效地支持了中国的'文学场'在与'政治场'的艰难对抗中一步步地分裂出来，但同时，其'话语权力'也对许多不够'新潮'的研究者和作家形成强大的辐射力和压制力。"①

　　这样的分析，可谓一针见血。但由于特定的历史原因，诸多反思往往聚焦于"现代主义"对于路遥的淹没，却很少有人注意，路遥其实是双线作战，因而他的苦恼也是"双重苦恼"，对此，路遥同样有清楚的表述。在《生活的大树万古长青》中，路遥如是说："我当时的困难还在于某些甚至完全对立的艺术观点同时对你提出责难，不得不在一种夹缝中艰苦地行走。"②路遥笔下"完全对立的艺术观点"一是"现代主义的文学观点"，一是公式化概念化的"现实主义观点"。在《早晨从中午开始》中，路遥在对"现代主义"的艺术观念进行分析之后声明："我的观点是，只有在我们民族伟大历史文化的土壤上产生出真正具有我们自己特殊性的新文学成果，并让全世界感到耳目一新的时候，我们的现代表现形式的作品也许才会趋向成熟。"③接着，路遥话锋一转，在对"现实主义过

---

① 邵燕君：《〈平凡的世界〉不平凡》，《小说评论》，2003年第1期，第61页。
② 路遥：《早晨从中午开始》，参见《生活的大树》，中国收藏界出版社，2014年1月第1版，第19页。
③ 路遥：《早晨从中午开始》，参见《生活的大树》，中国收藏界出版社，2014年1月第1版，第45页。

时论"进行批评后质问道："现在的问题是，如果认真考察一下，现实主义在我国当代文学中是不是已经发展到类似十九世纪俄国和法国现实主义文学那样伟大的程度，以致我们必须重新寻找新的前进途径？实际上，现实主义文学在反映我国当代社会生活乃至我们不间断的五千年文明史方面，都还没有令人十分信服的表现。虽然现实主义一直号称是我们当代文学的主流，但和新近兴起的现代主义一样，根本没有成熟到可以不再需要的地步。"[1] 紧接着，路遥对公式化概念化的"现实主义"文学观进行了犀利的批评："现实主义在文学中的表现，决不仅仅是一个创作方法问题，而主要应该是一种精神。从这样的高度纵观我们的当代文学，就不难看出，许多用所谓现实主义方法创作的作品，实际上和文学要求的现实主义大相径庭。几十年的作品我们不必一一指出，仅就'大跃进'前后乃至'文革'十年中的作品就足以说明问题。许多标榜'现实主义'的文学，实际上对现实生活作了根本性的歪曲。这种虚假的'现实主义'其实应该归属'荒诞派'文学，怎么可以说这就是现实主义文化呢？而这种假冒现实主义一直侵害着我们的文学，其根系至今仍未断绝。"[2] 在对"现代主义"和"虚假的现实主义"文学观进行剖析、批评后，路遥直言不讳地宣称：现实主义照样有广阔的前景。[3]

"广阔"。"广阔的前景"。

"广阔"。"广阔的道路"。

在"虚假的现实主义"这个共同的障碍面前，路遥与其"伯乐"

---

[1] 路遥：《早晨从中午开始》，参见《生活的大树》，中国收藏界出版社，2014年1月第1版，第45、46页。

[2] 路遥：《早晨从中午开始》，参见《生活的大树》，中国收藏界出版社，2014年1月第1版，第46页。

[3] 路遥：《早晨从中午开始》，参见《生活的大树》，中国收藏界出版社，2014年1月第1版，第47页。

秦兆阳几乎使用了一模一样的词语。这绝非偶然。实际上，秦兆阳之所以欣赏路遥，在其主编的《当代》杂志 1980 年第 3 期头条发表其中篇小说《惊心动魄的一幕》，使路遥绝处逢生，并否极泰来——《惊心动魄的一幕》接连获得了两个荣誉极高的奖项：第一届"全国优秀中篇小说奖"（即后来的"鲁迅文学奖"）和 1981 年度"《当代》文学荣誉奖"，这两个奖项初步奠定了路遥在"新时期"以来当代文坛的地位——在很大程度上源于两人"现实主义"文学观的高度契合。

关于这一点，我们只要读一读给秦兆阳带来巨大声誉也给他带来巨大伤害的理论名篇《现实主义——广阔的道路》就一目了然，甚至，我们只要择取其中一两段读读，这种契合感就会浮现出来。譬如，秦兆阳如是批评"虚假的现实主义"："如果违背了或缩小了现实主义真实地反映现实然后才能影响现实的大前提，如果忽视了或违背了现实主义文学的艺术特征，如果忽视了各个作家本身的某些情况，而单纯从主观愿望和政治概念出发，简单地想用艺术去图解政治，那结果必然只会产生虚伪的概念化公式化的东西，或者类似普通宣传品式的东西；那就甚至于连最适宜于迅速反映当前生活的短小的文艺形式，也是很难写得比较精彩的。"[①]再譬如，秦兆阳如是描述他心目中理想的"现实主义"："现实主义的文学创作，是一种多么富于创造性的劳动啊！他是现实主义的，但他甚至可以用看起来荒诞不经的人物和故事去表现深刻的现实内容。它甚至可以真实到虚幻的地步。它有多么广大的发挥想象的余地啊！它的集中、概括、夸张——它的典型化的方法能够发挥到何等惊人的程度

---

① 秦兆阳（笔名"何直"）:《现实主义——广阔的道路》,《人民文学》, 1956 年 9 月号, 第 6 页。

啊！"①无独有偶，路遥不也是在《早晨从中午开始》中宣称，要在前面大师们的伟大实践和自己已有的那点微不足道的经验的基础上，力图以有"现代意义"的手法，去拓展"现实主义"疆域，以使其展现出"广阔的革新前景"吗？②

换句话说，路遥是在时隔三十多年后力图重走秦兆阳提倡的"广阔的道路"——"现实主义"道路，以真实性和艺术性取胜的"现实主义"道路。而这其中又隐含着中国现实主义文学的曲折发展之路：对于中国现当代文学来说，"现实主义"绝非什么新事物。其实，早在晚清，"现实主义"就以"写实派"的概念被引入中国，并在五四时期占据文学主流地位，20世纪30年代，伴随着左翼文学发展，经过左翼文艺理论家重新编码，"写实主义"更名为"现实主义"，并逐渐发展成为中国现当代文学的主流。由于独特的历史语境，在这一文学概念的发展中，一系列诸如文学与政治、文学与宣传、文学与现实、作家的世界观与创作方法、主题与题材、内容与形式等问题不断被纳入"现实主义"的讨论之中，其间的纠葛可谓千丝万缕。随着新中国成立，"唯物辩证法的创作方法"占据主流，这一创作方法强调世界观对创作方法的支配作用，甚至用世界观替代创作方法，忽视了"艺术性"的基本原则，这一创作方法同时要求描写生活的本质，却忽视了"真实性"的基本原则，因而，"现实主义"逐渐走上僵化的"窄路"。为了重启日益窄化的"现实主义"之门，一些文艺理论家对此提出质疑：譬如，在"百花齐放"运动中，时任《人民文学》杂志社副主编的秦兆阳就发表《现实主义——广阔的道路》，对日益公式化概念化的"现实主义"倾

---

① 秦兆阳（笔名"何直"）：《现实主义——广阔的道路》，《人民文学》，1956年9月号，第11页。

② 路遥：《早晨从中午开始》，参见《生活的大树》，中国收藏界出版社，2014年1月第1版，第47页。

向提出质疑；再譬如，20 世纪 60 年代初文艺政策调整时，邵荃麟就提倡"写中间人物"、"现实主义的深化"等，再次质疑公式化概念化的"现实主义"。遗憾的是，这样的质疑不仅没有得到认真对待，反而被加以政治清算。实际上，就是在这个过程中，"现实主义"的生命力被极大遏制，而"现实主义"的声誉也被极大地丑化了。"文革"结束后，一些文艺理论家试图重新凝聚"现实主义"理论话语的力量，重新激活其生命力，但由于僵化、教条的理论话语禁锢人们的思想已久，随着"现代主义"话语的引进，特别是随着徐迟于 1982 年发表著名的《现代化与现代派》一文，将"现代派"这一文学思潮与"现代化"这一话语嫁接——尽管是错误的嫁接——使"现代派"成为超级理论话语，以至于在相当短的历史时期内，"西风"迅速压倒了"东风"，"现代主义"迅速淹没了"现实主义"——自然，是以泼洗澡水泼掉孩子的非理性方式进行的。①

　　知悉了"现实主义"在中国现当代文学中的理论旅行过程，我们才能知悉路遥所奉行的"现实主义"是怎样的"现实主义"，我们才能知悉路遥在创作《平凡的世界》时胸怀着怎样的理论雄心和文学抱负。也只有知悉了这一切，我们才能理解路遥苦行僧般的创作——而这一创作，亦是从异常艰难的准备工作开始的。厚夫在《路遥传》中以翔实的文字披露了路遥创作《平凡的世界》前所做的准备，除了大量阅读文学名著以思考作品结构外，大部分精力都用于"深入生活"或"唤醒生活"，最为重要的有两点：一是为了彻底弄清楚自 1975 年起十年内的社会背景，路遥用最原始的方法——逐年逐月逐日地查阅这十年间的《人民日报》、《光明日报》、《参考消息》、《陕西日报》和《延安报》的合订本，以总括地

---

① 参见旷新年：《现实主义：广阔的道路，还是窄路？》，《文艺研究》2014 年第 6 期。

了解国内外每天发生的重大事件及当时人们生活的一般性反映；二是重返陕北故乡，进行生活的"重新定位"，加深对农村、城镇变革的感性体验。在《早晨从中午开始》中，路遥回忆说："我提着一个装满书籍资料的大箱子开始在生活中奔波。一切方面的生活都感兴趣。乡村城镇、工矿企业、学校机关、集贸市场；国营、集体、个体；上至省委书记，下至普通百姓，只要能触及的，就竭力去触及。有些生活是过去熟悉的，但为了更确切体察，再一次深入进去——我将此总结为'重新到位'。"①一个小故事可以旁证路遥在"储备生活"上是多么用心：为了解决对高级领导日常生活较为陌生的问题，他曾通过朋友联系，趁省委书记及家人外出，家里只剩下保姆时，到省委书记家进行"参观"。需要提醒的是，这样的准备，不仅不是"走马观花"，而且更是对已有生活的唤醒和整理。

路遥以柳青为精神导师和文学教父，他特别信奉柳青"文学是愚人的事业"这一教导。在创作《平凡的世界》时，他就像一个真正的"愚人"一样进行了充足准备，所以他才能吸纳海量社会信息，才能对从 1975 至 1985 年中国大转型期发生了巨大变化的社会生活有了既宏阔又细致的把握，为心灵的震颤积蓄了足够的能量。

接下来，就是如何"结构"的问题了。对此，路遥同样深思熟虑。

在路遥看来，"从某种意义上，现实主义长篇小说就是结构的艺术，它要求作家的魄力、想象力和洞察力；要求作家既敢恣意汪洋又能细针密线，以使作品能够最终借助一砖一瓦而造成磅礴之势"②。基于这样的思考，路遥进行了理性审视，认为：我国当代现实主义长篇小说大都采用封闭式结构，"因此作品对社会生活的

---

①② 路遥：《早晨从中午开始》，参见《生活的大树》，中国收藏界出版社，2014 年 1 月第 1 版，第 51 页。

概括和描述都受到相当大的约束。某些点不敢连接为线，而一些线又不敢作广大的延伸"。"其实，现实主义作品的结构，尤其是大规模的作品，完全可能作开放式结构而未必就'散架'；问题在于结构的中心点或主线应具有强大的'磁场'效应"。[①]基于这样的文体意识和文体自觉，路遥为《平凡的世界》量身打造了一个既具有巨人的身躯又布满人类一切细腻血管和神经的有机结构，使小说既能传达时代的巨大回声，又能呢喃人物的心灵絮语，因而使《平凡的世界》成为丰富的文本。具体而言，路遥是通过三个人物来结构《平凡的世界》的：通过田福军这位开明的改革派官员，将巨变中的中国，在意识形态方面，由村到县、由县到市、由市到省，甚至由省到中央地予以铺陈，为徐徐展开的城乡巨变提供了一个不可或缺的宏阔背景，同时，也为我们提供了一幅中国城市巨变的生动画卷；通过孙少安这位"农村能人"/农民企业家，将中国农村十年间的巨变一览无余地呈现了出来，更呈现出了这一过程中中国农民起起伏伏的命运以及他们悲喜交加的复杂感情；通过孙少平这个"城乡交叉地带"的"游牧者"，串联起城市与乡村这两个壁垒森严的世界，更生动地点染出像孙少平一样的不甘于乡村生活的农村有为青年在奔向城市时拖曳着的巨大的乡土的阴影，以及横亘于他们面前的同样巨大的城市的坚硬身影，而他们穿越、奔波其间的扭曲身影，也由此自然而然地呈现开来……更为重要的是，这三个相对独立的人物、相对独立的部分却又像一部机器有机咬合的三个巨型齿轮，其中一个的转动必然带动其他两个的转动，而这三个齿轮的转动，又同时带动其他许多小齿轮——次要人物——的转动，使所有人物的故事围绕着这三个主要人物的故事旋转不已。由此，这部

---

① 路遥：《早晨从中午开始》，参见《生活的大树》，中国收藏界出版社，2014年1月第1版，第52页。

庞大的"机器"获得了"人"的禀赋，发出了"生命"的灵音。

这就是《平凡的世界》在时光流逝中得以形成一种"社会性文化力量的"的"基础内涵"：读者在《平凡的世界》中既可以看到其时中国"开放"的时代精神，又能看到这种"开放"的精神随着历史的展开而渐次萎缩，甚至凋零，因而，孙少安、孙少平兄弟俩，尤其是孙少平的奋斗故事，才在其后的时空中产生了"励志型"效果。不过，关于这一点，需要提醒乃至警惕的是，由于路遥要强的个性，由于其中篇代表作《人生》中高加林过于浓烈的个人主义色彩，由于读者在阅读《平凡的世界》时感受到的往往是孙少平勉力奋斗的精神魅力，更由于自20世纪80年代以来逐渐形成并日益浓郁的个人主义时代氛围，诸多读者将《平凡的世界》解读为"励志宝典"；但实际上，路遥耗尽心血创作这部长篇巨著的出发点，与其说是"个人主义"的，毋宁说是"集体主义"的，与其说是"乐观"的，毋宁说是"悲剧"的，或者说，正是由于路遥为这部小说奠定了一个"集体主义"的基调，立足于其上的"奋斗故事"才能焕发出迷人的光彩，同样，由于路遥为这部小说提供了一个"乐观"的开始，其结局才格外"悲凉"。

之所以这样说，首先因为就像路遥坦陈的，"作为一个农民的儿子"，他对中国农村的状况和农民命运的关注尤为深切，而且，这是一种带着强烈感情色彩的关注，因为，在他看来，是"生活在大地上这亿万平凡而伟大的人们，创造了我们的历史，在很大的程度上也决定着我们的现实生活和未来走向"；因为，在他看来，"无论政治家还是艺术家，只有不丧失普通劳动者的感觉，才有可能把握住社会生活历史进程的主流，才能使我们所从事的工作具有真正的价值"。①

其实，早在 1980 年，在为弟弟王天乐跑招工的过程中，路遥就深沉地思考过中国农民的出路问题，尤其是有志有为农村青年的出路问题。2 月 22 日，他在写给好友曹谷溪的信中说："国家现在对农民的政策有严重的两重性，在经济上扶助，在文化上抑制（广义的文化——即精神文明）。最起码可以说顾不得关切农村户口对于目前更高文明的追求。这造成了千百万苦恼的年轻人，从长远看，这构成了国家潜在的危险。这些苦恼的人，同时也是愤愤不平的人。大量有文化的人将限制在土地上，这是不平衡中最大的不平衡。如果说调整经济的目的不是最后达到逐渐消除这种不平衡，情况将会无比严重……"② 这段话可视为路遥创作《平凡的世界》的一个关键性注脚，他之所以创作《平凡的世界》，一个重要的出发点就是为广大中国农民，尤其是农村中坚力量——青年农民——争取权利。在改革开放早期，这或许像他说的那样，主要表现为"文化权利"，但随着农村改革的延伸，随着农村经济空间的压缩，始终关注中国农村变化的路遥，自然不会熟视无睹——其实，小说第三部，孙少平的奋斗就已经较少"文化色彩"了，而更多地具有了"经济色彩"。从这个角度看，路遥在《平凡的世界》中为农民兄弟所呼喊的，自然包含着"经济权利"。

在这个层面上解读孙少安和孙少平兄弟俩流汗流泪流血"苦斗"的故事，就会咀嚼出不一样的滋味：孙少安和孙少平的故事之所以如此感人，并不主要在于他们的奋斗之卓绝，而更在于他们的奋斗中，鼓荡着千百万中国农民共同的情感诉求和灵魂呼声。从这

---

① 路遥：《生活的大树万古长青》，参见《生活的大树》，中国收藏界出版社，2014 年 1 月第 1 版，第 19、20 页。
② 厚夫：《路遥传》，人民文学出版社，2015 年 1 月第 1 版，第 133 页。

个层面上看，路遥的《平凡的世界》，既是"个"的，更是"群"的。值得一再强调的一点是，路遥通过《平凡的世界》所传达的对中国农民命运的严肃思考，对中国农民经济权利、文化权利，最终是政治权利的深切吁请，即使在今天看来，不仅没有过时，而且依然正当其时。这才是真正的"现实主义"杰作的力量之所在：开放的文本，开放的意识。

需要注意的另一点是，今天，在变化了的思想文化语境中，一些研究者认可路遥的"现实主义"品格，但又提出更高要求，将路遥及其《平凡的世界》与柳青及其《创业史》比较，认为路遥没达到"社会主义现实主义"文学所应达到的思想与艺术高度，没像柳青的《创业史》那样，将意识到的深度历史内容传达出来，因而，使《平凡的世界》沦为改革意识形态的"传声筒"，削弱了作品的艺术力量。这样的批评，有一定道理，但却忽视了路遥创作《平凡的世界》时面临的困境。之所以这样说，是因为柳青创作《创业史》，固然付出了苦心孤诣的艺术与现实探索，但柳青创作《创业史》时集体主义、社会主义的历史主题已经在漫长的革命斗争与建设岁月中呼之欲出，柳青只需用文学的方式为其赋格即可。但路遥创作《平凡的世界》时，这种集体主义、社会主义的历史主题已经瓦裂，而新的发展主题也仅仅以"好日子"的模糊形式存在着。在这种情况下，路遥能够在《平凡的世界》中通过孙少安、孙少平兄弟的故事将"个"与"群"融为一体，在"个人主义"的奋斗故事中传达"集体主义"历史诉求，可视为对柳青《创业史》的继承与发展。

对这样的批评，更值得提醒的是，对一部现实主义杰作而言，作家想的是什么固然重要，但作家写的是什么却更为重要，就像恩格斯在评论巴尔扎克及其作品时，认为出色的现实主义品格使其实现了文学对于政治的胜利——作为"正统派"的巴尔扎克，对贵族阶级寄予了无限同情，但在作品中，他却把他们写成了不配有好命运的人，写出了他们必然灭亡的命运，而他政治上的敌对派则成了"时代英雄"。这样的"翻转"，在路遥的《平凡的世界》中同样发生了。毋庸讳言，在小说中，路遥通过人物的言行，表达了对集体化时期社会状况的不满，更表达了对改革开放的憧憬与欢迎，但由于对生活的严肃态度，由于对现实主义文学法则的恪守，使他在写作中往往忘记了自己的"立场"而表达了截然相反的历史内容。比如，路遥对集体化时期的农村生活持激烈的批判态度，但写着写着，就情不自禁地流露出对这个即将消失的时代的无尽缅怀：小说第一部中有一个"打枣节"的故事，打枣时那集体生活的欢声笑语，就是这样的无意识的缅怀。再比如，路遥对改革充满憧憬和向往，但写着写着，他也往往情不自禁地流露出对这个正在到来的时代的忧惧和担心：小说第三部中田五和儿子海民在经济活动中反目成仇的故事，传达的就是这样的远虑。最重要的是小说主人公孙少安、孙少平兄弟俩命运的"翻转"。在作家设置的轨道上，这兄弟两个应该是奔走在"希望的田野"上，但到小说结尾时，我们却发现，迎接他们的，不仅不是什么"希望的田野"，而且很可能是更大的危机。考虑到20世纪90年代后乡镇企业倒闭潮和国企改革下岗潮，孙少安和孙少平的未来不仅不怎么明亮，反而很有可能是两手空空，走向黑暗。我们知道，路遥是以三弟王天乐为原型塑造孙少平这个人物的，原型的生活是光明的，但在小说中，路遥却切断了孙少平与明亮生活的一切关联，而将他永远地留在了黑暗的煤矿生活中。应该说，这样的安排中隐含着一种巨大的悲剧感。正是这种巨大的悲剧感，使孙少平的奋斗引发无数读者泪奔。但作为研究者的我们必须意识到，正是在这种悲剧感中，路遥通过对革命生活和改革生活的双重反思，调整了自己的认识。我们甚至可以说，通过对孙少安、孙少平未来的隐喻性安排，路遥重构了历史。这种文本的深刻性、丰富性和辩证性，恰恰是《平凡的世界》魅力长久的原因之一。

1956年，在《现实主义——广阔的道路》中，秦兆阳写了一段意味深长的话："只要仔细地去思索一下，你就可以知道，无论哪一本不朽的杰作，无论哪一个成功的作家，都是有着这样那样的独创性的。正因为这样，所以常常发生这样的情形：一本好的作品出版以后，除了被一些反动的批评家们百般地毁谤以外，也同时被一些教条主义者所曲解，有的甚至于有被埋没的危险；如果不是有真知灼见的批评家挽救了它，就一定是由于它在广大的读者的土壤里生了根，任何有意无意地扼杀才不能使它变成'失败的作品'。有的作品甚至一直流传了若干年以后，人们一直还在研究它，还没有一个有真知灼见的人能够把它各方面的成就和特点分析得十分透彻。所以这些作家研究和作品研究就成了一种专门性的学问。这些作家和作品，总是在内容上、艺术方法上、技巧上、风格上面，给文学的总宝库里带来一些新鲜的独特的东西。有些作品，因为有其高度的独创性，所以多半都有其绝对的不可模仿的性质，它们在这个世界上只能够出现一回；它被一般读者所接受，使一般人感动，但它绝对不是一般化的东西……"[1]

现在，读着这段话，感觉格外"魔幻"：秦兆阳好像长了一双"超前的眼睛"，三十多年前就看到了路遥遭受的困境，因而以火一样的文字给予其鼓励。而反过来看，感觉同样"魔幻"：路遥在三十多年后，以自己的苦心孤诣之作《平凡的世界》重新开启了"现实主义"的"广阔道路"，向以秦兆阳为代表的前辈致以崇高敬意。这一"魔幻现实"提醒我们："从根本上说，任何手法都可能写出高水平的作品，也可能写出低下的作品。问题不在于用什么方法创作，而在于作家如

---

① 秦兆阳（笔名"何直"）：《现实主义——广阔的道路》，《人民文学》，1956年9月号，第11、12页。

何克服思想和艺术的平庸。"① 也就是说，对于今天的作家们来说，只要克服了思想与艺术的平庸，"现实主义"依然是一条"广阔的道路"，而非"窄路"或"死路"，因为，先贤有言："现实主义文学既是以整个现实生活以及整个文学艺术的特征为其耕耘的园地，那么，现实生活有多么广阔，它所提供的源泉有多么丰富，人们认识现实的能力和艺术描写的能力能够达到什么样的程度，现实主义文学的视野，道路，内容，风格，就可能达到多么广阔，多么丰富。"②

（原载新加坡《艺术天地》，2015 年第 36 期）

---

① 路遥：《早晨从中午开始》，参见《生活的大树》，中国收藏界出版社，2014 年
1 月第 1 版，第 46 页。

② 秦兆阳（笔名"何直"）：《现实主义——广阔的道路》，《人民文学》，1956 年
9 月号，第 1 页。

2015：长篇小说的"丰年"

2014 年底，某媒体在展望 2015 年度长篇小说创作时，基于诸多小说名家已于 2014 年底之前推出了自己的长篇新作，提出 2015 年可能是长篇小说创作"小年"的判断。当时我就对这个判断有所怀疑，而今年长篇小说创作的整体状况也印证了我的怀疑：虽然不能说 2015 年是长篇小说创作的"大年"，但也绝不能说是"小年"，而是"丰年"。

我之所以对 2015 年是长篇小说创作"小年"的说法心存疑惑，是因为我觉得这家媒体得出这个结论的依据不可靠，即：在我看来，由于思想能力和审美能力的退化，以"50 后"为主体的小说名家群体面对变化深刻而又变幻纷纭的现实生活，大多已无力予以文学的把握，他们虽然也不时推出长篇新作，但我们从中看到的，大多是老调重弹，以及这老调重弹中视野的狭隘、灵魂的疲惫，因而了无活力。换个说法就是，在笔者看来，除了极少数满怀热情突入现实并孜孜矻矻追求艺术精进的作家外，以"50 后"为主体——包括少数"少年老成"的"60 后"——的所谓小说名家已经淡出或即将淡出小说舞台，有评论家将这一现象归纳为"'50 后'的终结"，而现实感更活跃、审美感更犀利、形式感更自觉的"60 后"及一部分"70 后"已经成为或即将成为小说舞台的主角，他们必将为文坛带来新气象。

2015 年，新变化已经悄然发生；2015 年，新气象已经崭露头角。

这一变化首先是外在的，即我们上文所说的作家群体的变化。2015 年度，迟子建、周大新、韩东、严歌苓等小说名家分别推出了自己的长篇新作《群山之巅》、《曲终人不散》、《欢乐而隐秘》、《上海舞男》，也得到一些评论家的肯定，但客观地看，这些作品虽然皆有可圈可点之处，但整体而言，绝非成功之作，有的甚至在文体上都不大成熟，因而，自然很难成为 2015 年度长篇小说创作的主流与中坚。相反，陶纯、何顿、次仁罗布、路内、冉正万、东西、张者、陈应松、王华、钟二毛、周瑄璞等"60 后"、"70 后"作家却纷纷于 2015 年度推出自己的长篇新作《一座营盘》、《黄埔四期》、《祭语风中》、《慈悲》、《天眼》、《篡改的命》、《桃夭》、《还魂记》、《花村》、《完美策划》、《多湾》。这些作品，无论在文学精神还是审美维度上，大都展现出与以"50 后"为主体的小说名家不一样的面相，而且文体意识相对比较自觉，使他们的作品在形式上也体现出一定的丰富性，因而，他们也自然而然地成为 2015 年度长篇小数创作的主流与中坚。

这一变化更是内在的，即现实主义作为一种文学精神的悄然回归。由于特定的历史原因，自新时期以来，特别是 20 世纪 90 年代以来，在中国文坛，无论是作为一种文学思潮，还是作为一种文学方法、文学精神，"现实主义"都被许多作家作为一种"疾病"躲避着——这是所谓纯文学大行其道的主要原因之一。诚如上文所言，这种回避有其背景及原因，并且在小说的形式探索及文学性追求方面取得一定成绩，但毋庸讳言，这种回避却也带来一个极大的弊端，即由于现实感严重匮乏，导致我们的文学患上了软骨病！说得严重点，多年来，我们的一些作家都是闭着眼睛写作，其虚无、其游戏，可见一斑。这一现象，近年来已经有所改观，但在2015年度却表现得尤为突出——我们上文所列的绝大多数作品，都是现实主义文学的宁馨儿，都洋溢着充沛的现实精神，也洋溢着充沛的现实美感，而且，这还只是部分代表作，如果一一列举，这样的作品还有不少，可以开一个长长的书单。

这种现实主义精神的悄然回归，意义不可小觑，其影响，也许要在三五年之后才能更深刻地显现出来。可以说，这是我说2015年是长篇小说创作"丰年"的一个极其重要的原因。但我之所以得出这样的结论，还有一个更为重要的原因，那就是伴随着现实主义文学精神的回归，我们的长篇小说不仅没有如一些人所担心的那样，出现僵化、单一的局面，反而显现出某种丰富性。这可真是"意外"的收获。

这种丰富性首先体现在伴随着现实主义文学精神回归而来的现实主义文学方法的回归，即以正面强攻的方式突入现实，消化现实，再现现实。其代表作是陶纯的《一座营盘》和王华的《花村》。前者以军旅为突破点。由于带着镣铐舞蹈，由于文学观念的僵滞，多年来，军旅文学丧失了把握重大现实题材的能力，要么写写军营的花花草草，要么写写军人的小情小调，大致如此，但《一座营盘》却截然相反，作家以巨大的勇气直面现实，通过活现一只"军老虎"的成长史，把"营盘"内的腐败实相和盘托出，其严重程度，令人震撼，其批判力度，由此可见一斑，但更重要的是作家通过塑造布小朋这位正面军人形象，使我们重新思考文学的意义：在困顿的现实面前，我们是随现实之流而下，做现实的尾巴，还是溯现实之流而上，做现实的引领者？相信这是值得每一位作家思考的一个重大问题。王华的《花村》以女性视角切入现实，通过栀子、百合、映山红等几位花村女性的沉郁生活，反映了联产承包三十多年来农村由希望的田野而空巢的空前巨变。当我们看到随着成年男子大规模外出，村里的少妇长期得不到情感慰藉，以致少年痴子部落和古稀老人张大河都成为她们希冀的对象时，我们禁不住潸然泪下，而围绕着村庄的那条河流，再也不是花河了，而是泪河——泪流成河。我们禁不住追问：当一种社会安排连人的基本情感，甚至基本生理都得不到满足之时，是不是应该予以扬弃？在《一座营盘》和《花村》等小说中，文学的现实感再次得到有力确认。

除了正面强攻之外，现实主义的回归还采取了比较多样的方式。在这方面，东西的《篡改的命》和陈应松的《还魂记》可为代表。在《篡改的命》中，作家将汪槐、汪长尺、汪大志一家三代的悲剧命运维系在城乡之间巨大的分隔上，将底层改变命运的希望寄托在进入城市上，这实际上是以乡村和城市为支柱，并在其间悬了一根线，而汪槐、汪长尺、汪大志就成了走在这跟悬索上的"魔法师"，稍有不慎，则跌下深渊——事实上，这一家三代根本就不是什么"魔法师"，因而跌下深渊是命定的事情。这种写法比较现代，有一定的寓言色彩，但毫无疑问，小说精神是现实的，它折射的不仅是汪长尺等农民的命运，而且是每一位穷苦人的命运，因而，这又是证言。陈应松的《还魂记》与东西《篡改的命》有异曲同工之妙，通过一位鬼魂还乡之后的所见所闻，再现了乡土中国的颓败。由于小说中较多地采用灵魂叙事，较多地使用楚文化元素，使小说有一定的魔幻色彩，具有向楚文化致敬的一面，但根本上，这部小说还是忧患的产物，是现实的果实。

再就是，在现实主义精神烛照下，往事不再如烟，而是焕发出别样的色彩。在这个方面，何顿的《黄埔四期》、次仁罗布的《祭语风中》可为代表。在《黄埔四期》中，通过对谢乃常、贺百丁等黄埔四期精英的人生的描述，作家再现了抗战史上被遗忘的悲壮一页，更为重要的是，通过对谢乃常、贺百丁等人英雄末路的描写，再现了历史的无情，虽然在一些具体问题上值得深究，但整体而言，这部一百多万字的小说开阔恢弘，水深流急，因而，令人读之扼腕，思之怃然。次仁罗布的《祭语风中》则通过晋美旺扎一生修行的故事，再现了西藏自解放至开放的几十年的巨变，其间既有无尽苦难，亦有无边慈悲，而其中社会的风云变幻与人心的载浮载沉，更是发人深省，引人慨叹。

关于现实主义文学的一个核心问题就是作家与生活的关系问题，即熟悉生活与再现生活的问题。在这一点上，陈彦的《装台》给出了出色的回答。由于与装台人朝夕相处，由于与他们同气连枝，这些活跃在舞台背后的人，活到了作家心中，活到了小说前台，成为《装台》中当仁不让的主人公。更重要的是，由于作家巧妙地处理了生活与小说之间的关系，使顺子这个人物来源于生活而又高于生活，具有一定的典型性，因而，使现实主义文学的经典问题也再次浮出水面。需要补充说明的是，陈彦并非"主流"作家，而是一流的编剧。《装台》在文学界的成功再次提醒我们，有时候，功夫真的可能在诗外。

最后，我想说的是，现实主义回归只是开始，相信2016年现实主义一定还是主潮。但这并不是说现实主义的就是好的，而是说只有那些既有热情和能力拥抱现实，又有热情和能力消化现实的作家，才可能创造出优秀的现实主义作品。鉴于此，我们有理由期待，2016年以"60后"及"70后"为主体的"新"作家应该有更精彩的表现。

（原载《中国艺术报》，2016年2月1日）

下　辑

文本细读

小说的精神[①]
——由韩少功的《第四十三页》想到的

在谈到 19 世纪西欧、俄国作家对待文学的不同态度时，英国思想家以赛亚·伯林曾在一篇文章中以简驭繁地将其区分为"法国态度"和"俄国态度"。他说，总体而言，法国作家相信自己是"承办者"，因而他们认为一个作家，对自己、对公众有个义务——生产他所能的最佳作品。这也是公众对作家的正当预期。其潜台词是：作家必须高度关注品味、技巧、形式等美学原则，而不必过多缠绕于个人行为，因为私生活与作品无关。而"俄国态度"则截然相反，因为俄国作家信仰"整体人格"，认为作家的言行与创作密不可分，所以作家必须善其行为、真其语言、美其制作，只有这样才能表现"真理"，即俄国作家认为首要的是作家的道德态度，而美学则是隐居其后的第二原则。

姑且不论这个归纳在多大范围内适用，如果我们能将其当作小

① 2010 年 4 月 26 日，《小说选刊》举办创刊 30 周年暨出刊 300 期纪念典礼，为配合这一纪念活动，《小说选刊》杂志社决定编辑创刊 30 周年暨出刊 300 期纪念金刊，受杜卫东主编委托，笔者撰写这篇回顾兼致敬的观察文章，发表在这期"金刊"上。文章写作时，多次得到杜卫东主编、冯敏副主编指正，特此致谢。

说的重要原则加以研讨，甚至将其结合当作小说的精神加以追求，则不仅能进一步释放其能量，也必将有效拓展小说的空间。

这样的追求在中国当代文学中虽然不甚彰显，然而却引而不发地进行着。在我看来，韩少功是最能体现这种精神的当代中国作家，因为虽然在历次文学哗变中他并不总是冲在前面，然而其探索却总是最持久、宽广、深入，因而总是"后发制人"，技高一筹：在《爸爸爸》中，他以梦呓般的叙述将我们带到楚文化的"根"中；在《马桥词典》中，他致力于复兴那些因被视为"方言"而遭到压抑的人类精神活动；在《暗示》中，他深入语言背后的具象中，使世界呈现一种新的结构和面貌。即使在《第四十三页》这薄薄的"一页"上，韩少功仍以其看似天马行空实则神思凝聚的凌厉叙述，让我们再次体会到形式的陌生感、思想的惊愕感及这两者融为一体后产生的奇异的艺术魅力。

诚如"法国态度"所言，文本创新乃小说的本质要求之一。正因如此，我们才为"新时期"以来蓬勃兴起的先锋小说实验而鼓舞，也正因如此，我们才对种种实验只绽放绚丽的花朵而未结下丰硕的果实而抱憾，更为今天无知者无畏的所谓小说实验而忧虑。而韩少功在《第四十三页》中重操"原小说"的艺术技法，举重若轻地将阿贝这个新新人类放置到那个被妖魔化了的时代中去，让他"活"了起来，自行其是，甚至与叙述者"我"产生激烈的争论，使历史与现实、故事与叙述、真实与虚构并置在一起，在疏离中亲近，在杂糅中澄清，焕发出一种令人惊讶的艺术魅力。这使我们遗憾地认识到：今天不仅"十七年文学"成了一份被背叛的遗嘱，甚至"先锋文学"也成了一份被遗忘的遗嘱。

综合"法国态度"与"俄国态度"，我们认为小说的精神在于追求美学原则和道德原则的和谐。在这点上，《第四十三页》仍然值得称道。小说在善意地提醒我们在艺术形式上患了健忘症之后，又严肃地提醒我们也被历史的健忘症攫住了，成了"单向度的人"，从而吁请一种辩证的历史视野。高明的是，作者没有自己出来说话，而是以阿贝的见闻为载体，道出意识到的历史内容：阿贝在车厢内的遭遇看似粗暴，然而与车厢外那些看似人文的行为相比，车厢内的"粗暴"似乎成了一种别样的温柔……

"小说的精神"。这是韩少功在"第四十三页"上的题词，或者是题词之一种。对我们来说，这样的题词，意义深远。

（原载《小说选刊》，2008 年第 9 期）

寻找，以文学的名义

——从李辉的《寻找王金叶》说起

　　窥斑见豹。仅仅从题目上，我们就可以知道，李辉的小说《寻找王金叶》的关键词是"寻找"，也就是说，是"寻找"提供了强大的动力，推动小说一路走向高潮。是"寻找"打通了现实和理想的界限。

　　如果以形而下的眼光来看，温连起的"寻找"显得有些形而上，形而上得几近愚痴，愚痴得近于虚幻，虚幻得有些魔幻——

　　居住在深海中的鸭岛上，几乎与世隔绝的温连起在被海外客雇去打鱼的路上，隐隐约约地看到远处的海面上好像有一艘倒扣的小木船，船上还趴着一个人，正无奈地随波逐流。当温连起大呼小叫地要船转舵去救人时，船老板和其他人却说那不过是一截子木头，并漠然离去。放心不下的温连起仗着水性好，一头扎进水中向那截子"木头"游去，到了那儿，发现果然是一艘翻了的船，船上果然趴着一个气息奄奄的人。当温连起施救的时候，那人却骗温连起离开自己，只让他转告龙湾港区的王金叶自己死了，不要再等自己了，就翻身滚进海中，无影无踪了。为了这个无名无姓的落难者的一句无头无尾的遗言，温连起告别了偏远清净的鸭岛，向红尘滚滚的龙湾港区出发了。去寻找王金叶。去大海捞针。对他来说，那简直就是一段不堪回首的不归路。

他被吴霞欺骗了，失财失信，只好回家取钱，继续寻找王金叶。

他被小流氓拐骗了，欠情欠钱，只好回家借钱，继续寻找王金叶。

他被毛主任驱逐了，失魂落魄，只好流落街头，继续寻找王金叶。

他的钱包丢失了，身无分文，沦为乞丐，可他继续寻找王金叶。

他病得几乎要死去了，可他依然想方设法，求人寻找王金叶……

只是简单地梳理一下基本的故事情节，我们就会发现温连起是多么的虚幻，虚幻得就像不是这个世界的造物一样——他的确不是这个世界的造物！虚幻得就像清水中一个飘摇的影子。而他执着的寻找，则更像天外飞仙的凌空高蹈，更像灵光一闪的昙花开放。可同样只是简单地回顾一下这个故事，我们又发现这个虚幻的温连起是那么的真实，真实得就像活在我们身边一样——不，不是活在我们身边，而是活在我们心中！或者说，活在我们强烈的想象中。我们还发现，我们是多么迷恋他那执迷不悟的寻找啊，就像鱼儿离不开水一样，我们也离不开他和他的寻找了。我们多么渴望他那如恩泽一样的寻找能够降落到我们身上啊，尽管在物欲横流的现实中，这样的寻找如泡如影。

小说之所以能产生这种如真似幻、似虚还实的矛盾之美，是因为在"寻找"的表层结构之后，还有一个"背弃"的深层次结构，而且，这个"背弃"的深层次结构提供了社会真实和心理真实的肥沃土壤，使温连起的"寻找"能如一朵璀璨的奇葩一样开放，既洋溢着浪漫主义的光彩，也闪现着现代主义的冷峻，更展示了现实主义的深厚底蕴。具体来说，就是因为我们为欲望所俘获的生活中，背信弃义层出不穷，如污泥一样层层堆积起来，将人包围，使人窒息，不仅使我们放弃了应有的历史担当意识和社会责任感，而且还使我们远离了真实、善良、美丽等基本的道德品质。的确，是匮乏让温连起这个虚构的艺术人物看起来那么真实，就像我们的兄弟姐妹一样。或者，换句话说，正是因为作者参透了污浊、灰暗的来龙去脉和本质，借着温连起的执迷不悟，把真善美等我们久违了（特别是在文学艺术中）的光明品质打捞出来，并不遗余力地试图将其贯注到我们立身其中的生活中去，才使这篇小说产生了震慑人心的力量，才化虚为实，使温连起栩栩如生。

这是一种艺术的真实，是一种高级的真实。这真实就蕴藏在现实与理想的距离之间，蕴藏在"背弃"、"寻找"循环往复的文本结构中。

在温连起信守承诺、固执寻找背后是反复的背信弃义。

吴霞是背弃者。尽管现实的不公和不义给她提供了一定的借口，尽管她良知尚未泯灭，然而说到底，她是无法直面自己的心灵的。堂堂大学毕业生，一表人才，竟沦落为卖身兼卖茶的风尘女，除了现实的挤压，贪恋虚荣无疑是她沦落的又一重要原因。幸运的是，她没有在这条背弃的道路上走得太远，在温连起的照耀下，她终于幡然醒悟，历尽磨难后找回自我——这也是小说中"寻找"的意义之所在。

韩警察、郑警察是背弃者。这两个人名为警察，实为盗匪。温连起让他们帮忙寻找王金叶他们不理不睬。吴霞用色用钱打点他们，让他们帮忙寻找王金叶，他们阳奉阴违。干本分工作不尽职尽责，可干起腌臜勾当来却尽心尽意。为了打击毛主任，他们不惜设计圈套，引诱他上钩。而他们之间上演的那套螳螂捕蝉黄雀在后的把戏，令人看后毛骨悚然。他们沆瀣一气，勾结在一起欺瞒吴霞，则为人所不齿。

冯文书是背弃者。虽然作者在这个人物身上着墨不多，然而却处处用力，笔笔有神，把一个不唯事只唯上、不唯责只唯权的人的嘴脸刻画得入木三分。就这么一个人，竟步步高升，顶替了毛主任……

在这样的背弃的泥淖中，寻找是艰难的。为了映衬温连起寻找的艰难，作者还特意设置了毛主任这样一个影子似的有意味的人物。无疑，毛主任是不甘心在流俗中顺流而下的，正因如此，他才招人嫉恨，一步步被赶离权力的核心地带，从县委组织部副部长被贬谪为龙湾港区管委会办公室主任，又从这个位置上被排挤到水电办，成了一名水电工。就是在这个不断被排挤的过程中，我们看到了毛主任屡战屡败、屡败屡战的艰难：他想固守自己的本分，所以当吴霞引诱他时他不为所动，所以当他要冯文书帮吴霞查找王金叶而冯文书置之不理时，他就自己操作计算机亲自查找起来。他还想做一个好人，想拯救堕落了的吴霞。他要吴霞洁身自好，他答应帮吴霞找工作，他监督吴霞，怕她再次堕落。可就是这使他陷入了隐藏在背后的对手的圈套，身败名裂，一败涂地。更为严重的是，他动摇了。当吴霞再次找到他时，从他对吴霞的态度来看，他似乎无力从失败的废墟中再次站立起来了。

毛主任失败的艰难放大了温连起艰难的胜利。尽管遭遇那么多挫折，屡屡被骗，丢失钱包，沦为乞丐，染上疾病，几乎死亡，可温连起信守承诺的决心如金石一样，没有丝毫变化。他就像加缪笔下的西西弗一样，在失败中将寻找进行到底。他竟然成功了！当他在病床上醒来，听到吴霞固执地重复着"吴霞是个好人"的话点了点头后，我们知道，那如灵魂一样飘荡在空中的"王金叶"这个名字已经与吴霞沉重的肉身融为一体了。吴霞变成了王金叶，或者说，吴霞本来就是王金叶，只不过她穿着"吴霞"的皮囊在纷纭复杂的现实中走了一段歧路，现在，在温连起如召唤如抚摸一样的寻找下终于迷途知返了。此时，我们看到，在欲望的废墟上，道德的旗帜艰难而坚定地升起。

其实，"寻找"不仅仅是《寻找王金叶》的这篇小说的关键词，而且还是贯穿李辉目前创作实践始终的关键词，只不过在前期创作中，作者看得更多写得也更多的是"背弃"，而"寻找"却如地下河一样，隐隐流淌，悄悄言说。换句话说就是，温连起癫狂似的"寻找"，其根基并非仅仅是我们上文所说的"背弃"，而是作者厚积薄发的自然显现，套用鲁迅先生的名言来说就是——不再背弃中灭亡，就在背弃中寻找：在《跳来跳去的耳朵》中，我们看到爱情被背弃了；在《你是他的药》中，我们看到生命被背弃了；在《女人蔡根香》中，我们看到夫妻感情被权势蹂躏了；在《亲爱的亲人》中，我们看到亲情被金钱腐蚀了；在《天下》中，我们看到信任被权术击溃了；在《媳妇鱼》中，我们一方面看到生命被遗弃、真情被污染，同时又看到被遗弃的生命被悄悄地捡拾起来，被污染的情感也被小心翼翼地重新洗涤干净……按照这些作品发表的时序一路读来，我们发现，尽管在上述作品中《媳妇鱼》并不是最好的，可我们发现，就是在这个"点"上，作者似乎找到了继续前进的方向，并在寻找中找到了"寻找"的力量。

事实上，就像并不是每个人都能在沉默中爆发一样，也并不是每个人都能在背弃中寻找，李辉之所以能在沉默中爆发、在背弃中抵达寻找，是因为他在面对现实生活中和隐藏在人们心里的丑恶时，有一种强烈的批判意识，甚至在这批判中分泌出一种朴素的宗教意识，一种原罪意识。正是这种"人若亡故我亦少，我与人人共一体"的恻隐和仁爱之心，支持作者穿越泥泞黑暗的隧道，迎来晨曦，迎来希望。

早期，大概是因为尚未看清前行的方向，作者将主要力量放在扫描、过滤、凝聚、刻画现实的颓败上。由于他的思考如此深入，更由于他在生活的颓败面前如此忧心忡忡，以至使他的作品有一种"原罪"意识。在作者发给我的早期作品中，我最激赏的就是《你是他的药》。

患了癌症的某城药监局长夏家天手术成功出院后突然变成了闷

葫芦，不仅闭门谢客，而且在家中也一言不发，整整三十二天，直到妻子刘丽惊慌失措中把小区内一个六岁的小孩被摩托车撞死了的事告诉他后这一情况才大为改观——他滔滔不绝地议论起这件事，而且竟然出门去现场观察了半天，观察完后带妻子去海鲜酒楼公款吃喝了一顿，而且还意兴盎然地跟妻子去逛公园。然而好景不长，仅仅一天的时间他就故态复萌，直到听到他的朋友审计局的科长郑志浩死于非命后，他才再次振作起来……后来，刘丽无意中发现，原来他丈夫是把别人的死亡当作治疗自己疾病的"药"了，而且跟他越亲近、越年轻、比他官越大的人的死"药效"越强。这一发现让她惊恐不已，所以，每当看到丈夫张开嘴巴就他人的死亡议论不已时，一种负罪感、绝望感就深深地攫住了她，因为，是她在给丈夫收集这些"药"——打听并向丈夫讲述这些死亡事件。这一情况到夏家天的老上级康国泰局长意外死亡后达到高潮——他兴致勃勃地去参加追悼会，跟问候的人谈笑风生。可在追悼会上逸兴横飞的他突然就变得异常起来，拉着妻子匆匆回到家中，开始咒骂每一个跟他打招呼的同事，说他们虚情假意，说他们蓄意嘲弄他。咒骂了几天后，他打算报复他们，不惜同归于尽。当再也无法忍受的刘丽告诉他是他自己想多了，并告诫他要调整心态后，他恼怒不已，将刘丽从自己的世界里赶出去，划分到嘲弄、背叛、伤害他的队伍里去了。最后，刘丽也变成了他的"药"。

尽管作者在叙述这个故事时尚未达到得心应手的境界，个别细节处理得不够细致，没有将超验的现代主义意识建筑在每一个细节真实的基础之上，因而导致作品整体结构有点瑕疵，然而我们必须承认，这个作品里蕴含着一种令人无法直面而又无法回避的力量，因为作者发现了一种为欲望所控制的"恶"，这样的"恶"驱使人把他人的死亡当作治疗自己疾病的"良药"，甚至当作滋补自己的"良药"，即使这人是自己的熟人，是自己的亲友，甚至是自己相濡以沫的爱人。这是一种多么可怕的疾病啊！这样的发现使作者陷入深深的苦恼之中，因而，他不断地用批判的眼光审视之，思索之，挞伐之，以期引起人们的注意，从而探求救治的途径。这样的发现与鲁迅发现华老栓、华小栓们用人血馒头做治疗痨病的药引子一样深刻，一样令人惊骇。

我想将李辉与另一位作品中同样充满"原罪"意识的作家北村简单比较一下。与北村从绝对理念出发在文学中探讨原罪不同，李辉是从现实出发的，也就是说，他的作品中，所有的"罪"都来源于现实的疾病，因而，他的创作是有源之水。譬如在《你是他的药》中，夏家天将他人的死亡当作治疗自己的"良药"，是因为他为现实的权力所挤压而异化了。这种扎实的现实根基保证了艺术空间的深广度。

简言之，正是因为这种执着的现实感和高蹈的现代精神的融合，深刻的原罪意识和不屈的救赎努力，用理想照亮现实、用虚幻唤醒真实的追求，在"背弃"和"寻找"的辩证循环中不断延伸的思想和情感结构，使李辉的创作日益清晰、厚重、稳健。我个人认为，经过艰难的探索，到《寻找王金叶》时，李辉已基本突破了自己初期的创作瓶颈，在现实的泥淖中找到了播种希望的办法。尽管无比艰难，可他毕竟找到了，就像他在创作谈中所说的一样："我心目中的好小说应该是这样的：故事来源于现实，但现实中永远都不会发生。"也像他以魔幻现实主义鼻祖胡安·鲁尔弗为例所说的一样："我以为他十分注重形式，但他十二分注重的却是墨西哥人民的喜怒哀乐。"

我还认为，这样的创作理想不仅将使李辉受益无穷，而且即使放在中国当代文学的历史脉络中看，对一些作家而言，也是有益的启发。

时至今日，对"十七年文学"的种种批评、酷评、恶评早已见怪不怪，而且逐渐成为鹦鹉学舌的陈词滥调，然而，对"十七年文学"真正有价值的思考却少之又少，不仅在文学观念上如此，在艺术形式上也是如此。抛开思想内容、历史观念等问题不谈，在我看来，"十七年文学"之于中国当代文学最大的艺术贡献就是探索出了比较成熟的艺术结构，特别是能够包容丰富的历史内容的宏大艺术结构，而这样的艺术结构是作家们怀抱着赤诚的艺术理想突入生活，拥抱生活，在火热的生活中实践、思考的结果，是他们站在现实的高地上回顾历史、展望未来凝聚的现实主义艺术观的结果。想一想革命芭蕾舞剧《白毛女》、长篇小说《创业史》等"十七年文学"作品近乎哲学作品一样的艺术结构，你不能不感慨其圆满深邃，并进而感叹今天一些文学作品在艺术上太粗糙了。这是因为"新时期"后，我们以"伤痕"、"反思"为突破口，以所谓普世的"人性"这一新的政治正确为武器，对"十七年文学"进行全面无情扫荡的结果，这一结果的直接后果就是：在大多数文学系的学生眼中，甚至在大多数人眼中，"十七年文学"不仅在思想上一无是处，而且在艺术上也一无是处。换个形象的说法就是：我们不仅泼掉了洗澡水，而且也泼掉了孩子。

这种忽视、漠视现实，否认艺术结构与现实结构互动关系的情况，在"先锋文学"时期达到了一个新的高度，并产生了较为深远的影响。事实上，我是读着"先锋文学"作品上完大学的，到今天，想起当时对"先锋文学"的迷恋仍然激动不已；然而激动之后，我常常想：为什么如此激越的艺术实践却如流星一样，热烈燃烧之后迅速陨落了呢？现在将"先锋文学"当作遗产来研究尚为时过早，然而，回过头来冷静地看看其得与失却是合适的，也是必要的。现在看来，当时"先锋文学"之所以在文学界产生那么大的轰动效应而又迅速退出舞台中心，一是因为它携"伤痕文学"、"反思文学"、"知青文学"之余绪，以拒绝言说的方式发出了自己的最强音，彻底摧毁了当时僵化的政治话语，在因种种主客观原因而对宏大叙事产生"审美疲劳"的读者眼中，这是一种话语的哗变，艺术的暴动，因而一时应者云集；二是因为当时的"先锋作家"对内心、对思想、对形式十分真诚，在仓促而又新奇地借鉴西方文学艺术遗产的同时，急不可耐而又殚精竭虑地在借鉴中创新再创新，就像当时一位批评家所说的，创新这条狗撵得作家们连停下来撒泡尿的工夫都没有了，因而写出了不少思考深入、形式独特、引人注意的作品。然而，就像无本之木虽然能绽放娇艳的花朵可这娇艳却不能持久一样，这种缺乏现实基础参禅似的艺术实践对作家的心智和体力、对读者的心智和体力都是一种严峻的考验，因而必然缺乏可持续性。这大概是"先锋文学"昙花一现的原因之一吧。

　　不幸的是，"先锋文学"之后的一些作家，在没有深味"先锋文学"之得失的前提下，只是一味先锋，为先锋而先锋，结果不仅导致内容言之无物，情感玩世不恭，而且形式也日益陈腐。更加不幸的是，当"先锋文学"瓦解了传统的宏大叙事却还没来得及思考话语重建的方向时，在市场经济的裹挟下，通俗文学先后打着"美女作家"、"80后作家"等旗号蜂拥而至，迅速建立起一个无孔不入的市场话语空间，而且这种欲望的文学话语还和新自由主义的政治话语合流，炮制出了一个至今谁也解释不清楚也不愿意解释清楚的"纯文学"概念，误导视听。在这样的情况下，今天的文学越来越让人看不懂，成了一个令人憋闷的"矛盾体"：一面跟市场扭结在一起，一面声称自己是纯粹的；一面与现实的黑暗同流合污，一面辩称自己是在批判现实；一面宣扬失败的颓废情绪，一面高喊自己已然在"终结"中胜利了……

　　这就是李辉及其《寻找王金叶》对今天文学创作的借鉴意义。

　　对现实而言，像李辉这样，像温连起这样，以文学的名义进行的寻找，也许更为迫切。今年，中国发生了一系列重要的历史事

件，特别是汶川大地震。这些事件，像一面巨大而明亮的镜子，在
照出了文学的美丽和不足的同时，也照出了现实的美丽和不足。因
此，作为一名文学工作者，我们有必要以文学的名义上下求索，张
贴一张张"寻人启事"。就像温连起在寻找王金叶的过程中，把韩
警察、郑警察、冯文书等丑类钉到耻辱柱上的同时，也把毛主任一
个人的战争的艰难、吴霞迷途知返的珍贵、温连起"一根筋"的善
良温暖而淋漓尽致地展现在我们眼前一样，我们也应该在现实的寻
找中激浊扬清，让高贵成为高贵者的通行证，丑恶成为丑恶者的墓
志铭。只有这样，我们才能建设一座美好的家园，这不仅是一座物
质的家园，还是一座精神的家园。

（原载《文艺理论与批评》，2008 年第 4 期）

不一样的世界

——读《摩天轮》等三篇小说

　　除了结构张致、语言通透、人物鲜活、故事周全等因素之外，笔者以为，洞察力也是优秀中短篇小说的必要因素之一。在今天我们这个"思想淡出"而生活又急剧变化的大时代背景下，这一素质显得尤为重要。具有洞察力的作家，往往能够穿越现象看到本质，因而能够在作品中通过对人们"习见"的生活的描摹而呈现人们因太过熟悉而"不见"的故事、情感和思想。换言之，即营造出一个"不一样的世界"，令读者读后耳目一新，思维活跃。

　　近期，笔者就有幸读到了三篇有洞察力的中短篇小说。

　　第一篇，是薛舒的中篇小说《摩天轮》[①]。

　　要想观察中国，特别是观察风起云涌、风云变幻的现实中国，是需要一个恰当的角度的，如果找对了角度，那么这个观察就具有了纵深感和高度，那么其中的现实感和戏剧性自然纷至沓来，引人入胜。在《摩天轮》中，作者就将我们放置到摩天轮这个自改革开放后就在中国都市空间中到处"生根发芽"、激情旋转、风光无

――――――――――

①《小说选刊》2009 年第 4 期。

限而今天又渐趋式微面临被淘汰命运的道具上，使我们站得高看得远，在多个交织的层次上，看到了不一样的社会风景。

小说的叙述框架其实是"谷贱伤农"的传统文学主题的"再现"。当然，作家写的不是农业时代先是粮食丰收，再是粮价大跌，最后是农民没有粮食吃的悲惨故事；而是匠心独运，将这个前现代语境中常见的文学主题移植到现代乃至后现代语境中的今天来，写由于大规模征地而由一位菜农"升级"为一家大型游乐场摩天轮操作员的王振兴老老实实兢兢业业地工作了三十年，却从未在真正意义上（免费）坐过一回摩天轮，用他自己的话说就是"当了三十年弼马温却从未骑过亲手养的马"或"做了三十年菜农却从未吃过自己种的菜"。他不是不想"骑自己亲手养的马"、"吃自己亲自种的菜"，他经常想，有一次他甚至已经"骑"上了"自己亲手养的马"——坐上了摩天轮，可"假洋鬼子监督员"的出现以及老板"游乐场人员不得假公济私，违者辞退"的"严令"吓得他立刻猫腰钻进了缆舱的座位底下，直到双脚踏回地面，再也没敢让自己的头露出来。此后不久，他的表兄王德华因违规让老婆孩子坐自己看管的"急流勇进"被发现而被辞退的例子，让他既暗自庆幸——自己没有被发现，又后怕不已——要是自己被发现了，那后果将多么严重啊！这种失败的经历，使他产生了深深的挫败感，同时又陷入了进退两难的境地中——既时不时地想挑战成规，又时不时地为这成规所警醒，所规训。

王振兴这个"弼马温"的失落固然令人感慨，然而结合小说无处不在的暗示，比如谈恋爱时，王振兴的女朋友张芳"误以为"外国老板如同国营企事业单位的领导一样，允许职工家属免费享用职工的浴室、食堂、班车等福利，因而顺理成章地把游乐场"误称"为王振兴的"单位"，并要带着自己的亲朋好友去游玩一番，再比如，王振兴的表哥王德华违规被发现后，"外国老板可没有心情来批评教育违纪的人"，"直接就炒了王德华的鱿鱼"①，我们可以发现作家写王振兴的失意其实大有深意，即：通过时空对比，使我们在回想起往昔岁月的温暖碎片时，清醒地意识到这个"谷贱伤农"的故事是发生在新时空里的，因而具有不一样的意义——与以往往往是苛政（权力）猛于虎不同，如今资本（内资和外资）似乎成了新的"猛虎"，冷冰冰的，与"苛政"一起，成为压制社会的力量。这为故事向纵深发展做了有力的铺垫。

历经三十年的风风雨雨，人们对改革开放刚开始时社会急剧转换的不适感（比如想当然地把"外资企业"称为"单位"）渐渐消失，人们的心理也在这不适感的消失中渐渐转变，并逐渐形成了新的社会心理。《摩天轮》对这一转变也做了出色的挖掘。

与王振兴由战战兢兢转为任劳任怨，由任劳任怨转为沉默无声，并在沉默中由外向内地积攒着不平的力量不一样，他老婆张芳的心理转换是由内向外的，是由无声向有声，由有声向大声转换的，特别是当她与丈夫一起"参观"了昔日游乐场的开除员工、今日城市蔬菜基地总经理王德华为"二奶"购买的豪宅后，她的不平彻底爆发了：先是自怨自艾，怨自己当初嫁错了人；再是恨上了王振兴，哀其不幸，怒其不争，恨他既没有当上官，也没有发了财，害得自己跟着他一起吃苦受累；最后她竟然"仇富"了，恨起了表哥王德华，恨他向自己炫耀财富；恨起了跟自己住在一个小区的园林局局长和他老婆，恨他们张扬，恨他们骄矜……

在作家细腻的笔下，这"恨"是如此的微妙：既包含了对美好生活的无限向往，又包含了对生活不公的无边愤恨，甚至还包含了不合时宜的"弃暗投明"的心思——张芳对王德华的"二奶"和楼下园林局局长夫人所过的"神仙日子"的向往即为有力暗示。

---

① 《小说选刊》2009 年第 4 期，第 133—134 页。

作家的功劳并不仅仅在于呈现了"底层"心理的复杂和微妙，而更在于坐在摩天轮上，举着望远镜，引领我们，揭开笼罩在社会"中层"和"上层"身上招摇舒卷、温情脉脉的面纱，使我们看到了他们生活中的腌臜、"拮据"、无聊和颓废的心理状态，从而相对完整地揭示了我们的社会心理。大款王德华开宝马，住豪宅，包"二奶"，似乎风光无限，可这风光背后，隐藏的却是堕落和百无聊赖。想一想他的菜农出身和被游乐场开除的经历，我们会发现到这风光是怎样的"悲剧"——这是"底层"背弃自身的悲剧，是资本脱离精神的悲剧。更可悲的是，螳螂捕蝉，黄雀在后，他的老婆跟踪而来，来抓"二奶"了，于是一个被背叛的女人的悲剧与一个被包养的女人的悲剧纠缠在一起，演化为一场我们看不见却又时时处处在上演的"闹剧"。在张芳眼里，园林局局长的老婆也够风光的了，整天打扮得像一朵胖嘟嘟的塑料花，气喘吁吁地吆喝着到处撒欢的小狗，不亦乐乎！可就是这个"快乐"的女人给园林局局长戴了"绿帽子"，而且似乎又面临着被"新欢"嫌弃乃至抛弃的境地了——又是一出家庭的悲剧，社会的闹剧！

正是这一系列无声的悲剧和闹剧组合在一起，使我们不无痛苦地意识到：正如小说里那架突然停顿的摩天轮一样，在经历了三十年的高速运转、取得了巨大的成绩，并一度无限风光后，我们的社会这架巨大的"摩天轮"似乎也耗尽了自己的能量，运转不畅，因而需要停下来，重新积蓄能量，并考虑新的发展路径。

或许，这就是我们坐在"摩天轮"上看到的风景之深意？

萧笛的《老毕的艺术人生》是一篇有洞察力的短篇小说。[①]

"毕老师"原来不是"老师"，而是"老毕"；他的人生原也不是"艺术人生"，而是实实在在的生活，是柴米油盐酱醋茶的"日

---

① 《小说选刊》2009年第4期。

子", 是用破筛子网和乱毛线头做成的别致的脚踏垫, 是用青霉素瓶粘成的红鱼绿树, 是春节时挂在家门口的走马灯, 是大雪纷飞的日子里在院子里堆的雪人、雪屋子以及在畜牧站院子里堆的雪马、雪猪、粗手宽脚的雪老汉、奶大腚阔的雪娘儿们⋯⋯

老毕的日子原本过得活色生香的。因为他的心灵手巧、多才多艺, 在家里, 老婆疼, 孩子爱, 煞是滋润; 在外边, 也是人人夸赞, 个个羡慕, 好不快活。然而, 一位城里来的女摄影师罗西的出现却改变了这一切。他先是改变了老毕的名称——使之由老毕变成了"毕老师", 进而改变了他的生活——使之由过日子变成了"艺术人生", 因为, 她给老毕堆的形形色色的雪人、雪屋、雪动物起了一个新名字——雪雕。一个充满"艺术"气息的命名, 而且, 这一命名引发了一系列连锁反应——机缘巧合, 牡丹江市举行雪雕大赛, 县艺术馆推荐老毕去参赛, 并捧回了一个大奖。为了给老毕庆功, 县艺术馆在城里最有名的满江红酒馆大摆庆功宴, 席间, 县委副书记、分管文化的副县长先后给老毕敬酒, 按老毕的说法, 他们一点架子也没有, 一口一个"毕老师"地叫他。就这么着, 老毕成了毕老师, 成了小镇的"艺术家"。

成功地改变了老毕的命名后, 罗西又来改变他的"气质"了。原来老毕总是西服领带, 板板正正的, 可罗西却认为老毕的打扮"太屯", 并劝他说: "毕老师, 你现在是艺术家了, 要有艺术家的气质。"[①] 在罗西指导下, 老毕换上了牛仔裤, 在花花绿绿的毛衣外面, 罩上了一件像罗西那样到处是兜的马夹, 头发也刻意不剪, 留长了, 披在耳后, 而且, 自此之后, 他言必谈"艺术"。

命名和气质变了, 老毕的心思也变了, 由"做人讲究"的"爷们"变成了风流才子, 时时"在别人的田里摘个瓜弄个枣啥的", "有时, 就是不动人家的瓜果, 在人家的地头溜达溜达, 品评一番, 想

---

① 《小说选刊》2009 年第 4 期, 第 124 页。

象一番,感觉也挺恣儿的"。① 他的"艺术人生"由此开始。

这样的变化虽为老婆林茹所不齿,但在小镇人心目中却仍情有可原,但严重的是,就像化学反应一旦开始就无法停止一样,老毕的心思一旦发生变化也一发而不可收。当得知罗西离异后,他的心竟不仅离开了老婆林茹,而且离开了乡里的"红花绿草",特别是乡镇卫生院好看的护士石静,而一味地系在了罗西身上。在小说中,这是一个有意味的信号,暗示老毕想离开乡土进入都市了。当然,是在情感和精神上进入,而非在身体上。

为了实现这一目标,老毕开始"双线作战":一方面是痛下决心,断绝同石静的暧昧关系;另一方面则是殚精竭虑,想给罗西一个惊喜,给她做一只天鹅雪雕,"艺术"地表明自己的心曲。然而,由于错误地判断了形势,老毕必然"双线溃败":一方面是"后院起火"——林茹在心怀嫉恨的石静"点拨"下吞服了大量安眠药,想造成自杀的假象,将老毕从罗西身边拉回来,然而由于阴差阳错,林茹意外死去,石静也落入法网;另一方面是一头撞在了南墙上——老毕按照自己想象中的艺术标准(都市的标准)做的天鹅雪雕,不仅没有博得罗西的任何好评,而且简直被贬得一无是处,被贬成了一只呆头呆脑的大笨鹅。这暗示着尽管老毕做了"脱胎换骨"的努力,但他与罗西之间仍然存在着不可逾越的距离,因为,说到底,在罗西眼中,老毕其实像他手造的雪雕一样,不过是乡土文化的另一种存在而已,而老毕眼中的罗西,也不过是都市文化的一种幻象,离真实还远得很呢!

果然,林茹死后,当老毕不顾风言风语向罗西表明心意时,罗西不仅断然拒绝了他,而且满腔鄙夷地抨击他"根本不是搞艺术的料",因为别看他"头发长了,衣服换了,可是脑袋没换"②!经受

---

① 此处是作家对老毕拈花惹草生活的幽默讽刺。《小说选刊》2009 年第 4 期,第 122 页。

②《小说选刊》2009 年第 4 期,第 131 页。

不住双重打击的老毕疯了，每天说着同一句话，见谁跟谁说，一遍一遍地说："你帮我换换脑袋吧，你帮我换换脑袋吧。"①至此，小说终于剥除家长里短的外衣而露出要探讨的严肃的社会主题——城乡断裂以及由此而产生的城乡之间的"双重文化误读"。

由于启蒙主义和新启蒙主义话语泛滥，多年来，城乡间的文化关系一直笼罩在"文明与愚昧的冲突"的阴影下。近些年，虽然有学者从多个角度对这一论调进行批评与反驳，但其影响仍根深蒂固，其重要表征就是在文学叙述中，每当涉及城乡文化关系时，农村多是"被看"的一方，农民也多以"愚昧者"面目出现。

《老毕的艺术人生》是少有的以平等眼光严肃观察城乡文化关系的小说，尽管语言是幽默的。事实上，由于城乡间的文化断裂，在作品中，以罗西为代表的城市文化和以老毕为代表的乡土文化在彼此关照时，由于视角差异问题，恰如灯塔虽然能照亮远方的黑暗，却无法照亮自己脚下的黑暗一样，因而往往"以己度人"，无法全面关照对方，甚至误读、误解对方。比如，在罗西眼中，乡土文化就是老毕雕的那些质朴夸张的雪雕，而非活生生的老毕以及老毕活生生的情感，或者说，即使老毕进入了她的"法眼"，但本质上却是以雪雕的形式进入的，而非鲜活地进入。而在老毕眼中，城市文化就是罗西的举止所展现的"随意"、"大方"与"多情"，而非其中蕴含的自由、真诚以及暗藏其间的分寸。就是这样的双重误读，导致了理解的徒劳，并最终酿成悲剧。这样的探讨，不仅超越了单向度的文化立场，而且提醒我们要以反思的眼光看待自己立身于其中的文化，并由此出发去理解别样的文化，而非"东方主义"式的文化"猎奇"。其意义可见一斑。

范小青的《我在哪里丢失了你》虽不足万字，却如一根犀利的

①《小说选刊》2009年第4期，第131页。

银针，一针见血，刺穿了为名片所遮蔽的"熟悉的陌生"。

在人际关系成为人力资源、成为生产力、成为潜在的"敲门砖"或"摇钱树"的时代里，人与人之间空前地"熟悉"起来，于是，大大小小形形色色，或典雅或朴拙或名贵或廉价的名片，如铺天盖地的雪花一样，分发起来，传递起来，飘舞起来……于是，小说的主人公王友先后遭遇了两次令人难忘的"名片事件"。一次是一群萍水相逢的人凭名片"开路"觥筹交错热热闹闹地大喝了一场，在离开酒店的路上，其中的一位顺手把"杜中天"的名片扔掉了，王友看到杜中天就在身边，为了避免尴尬，于是捡起名片并提醒扔名片的人说他丢了名片，而丢名片的人却毫不在意地说这张名片不是丢的，而是故意扔掉的。而当杜中天恼羞成怒，一把将名片夺过来并撕成碎片扔了一地后，他仍振振有词地表示无所谓，说晚扔不如早扔，因为这名片没用。这张名片的故事，使我们知道了"功利"和"势利"的含义。另一次是一位老太太凭一张捡来的名片将王友"骗"到她家，并说王友是他已故丈夫最好的朋友之一，王友虽然万般疑惑，但却不得不随着老太太"回忆"自己和她丈夫之间发生的一些趣事。这张名片背后这个有些荒诞的故事，使我们明白了"冷漠"和"孤独"的真意。

由此，一张名片的正反两面都昭然若揭：正面是"功利"和"势利"，背面是"冷漠"和"孤独"。由此，名片这本应用来为联系提供方便、为熟悉提供便利的道具便成了互相隔膜的障碍。由此，一个令人痛心不已的问题油然而生：在我们这个所谓的"人情社会"中，在张张或心照不宣或心知肚明或言不由衷或怀揣心事的名片背后，有多少真正的感情被遮蔽了，有多少鲜活的人被遗忘了，又有多少真正精彩的人间故事被忽略了啊……

（原载《文艺理论与批评》，2009 年第 3 期）

让蒙面人说话

——论李燕蓉小说的心理和文化意识

　　在中篇小说《男人蹲在黑暗》中，当主人公畅卫国决意自杀以保全全家利益（包括自己的名声），并在家中流连徘徊，与儿子、妻子，家中的一草一木、一针一线都做了"无声的告别"之后，暗夜中，躺在床上，听着妻子发出的因疲倦而香甜的酣睡声，仍辗转难眠，禁不住抚摸起自己的脸来，摸到最后竟有些"上瘾"了，他发现"自己的脸就和塑胶面具差不多，好像一用劲就能顺利地扒扯下来……"

　　读到这里，我禁不住悚然一惊，想起了诗人西川一本随笔集的名字：让蒙面人说话！只是，与诗人仰望浩瀚的心灵星空，思索诗歌和生命的真意，而祈望形上存在这一神秘的蒙面人开口截然不同，此处的"蒙面"是指以畅卫国为代表的小市民在日常生活中因沉溺于热闹庸俗的"假面舞会"而弄假成真，使"假面"于不知不觉中长到了作为肉身的脸上，而"真面"却于喧哗中瓦解并荡然无存的异化悲剧。

　　毫无疑问，李燕蓉的最大贡献，就在于以"蹲在黑暗中的男人"这一暧昧而又真实、凝固而又碎裂的意象为触发点，点燃一束悲悯的精神灯火，照亮了滚滚红尘中这尘埃般微小却又同样尘埃般无处不在的悲剧，并在如庖丁解牛般的叙述中，让"假面"脱落，真相开口。

作为"假面舞会"中的"蒙面人"，畅卫国无疑是个"合格"的"演员"：他应该是个"好朋友"，因为，为了请"朋友"吃饭，他竟处心积虑地买了那么多假发票，做了那么多假账；他也应该是个"好学生"，因为，无论肚子里怎样腹诽自己的班主任，他不还是郑重其事地去看望了自己的老师吗？他当然更是个"好丈夫"、"好父亲"了，因为，用他自己的话说就是，为了这个家，他"都想去死了"……

然而，当"假面舞会"迷离的灯火熄灭，"黑暗"（一个有意味的颠倒，这样的"黑暗"时刻恰恰是真相的阳光灿烂升起的时刻）降临，灵魂开始在孤独的重压下痛苦时，我们又发现，作为一个"社会关系的总和"意义上的人，他又是多么的失败啊！首先，他不是一个好朋友，因为，正是他"巧取豪夺"了同事兼好友的劳动成果，为自己的"发达"铺平了道路，却差点把最推心置腹的朋友推下了万劫不复的深渊；其次，他也不是一个好学生，他是在"发达"后大张旗鼓地去看望自己的班主任了，可他自己和我们都知道，这看望背后隐藏着多少不满和"示威"；还有，他也不是一个好丈夫和好父亲，尽管他曾想用自杀的方式来保全自己的家庭（其实，更重要的是自己的名声，因为，在他看来，二者是一体的），但在凌厉的死亡面前他还是绝望地退却了，而且一旦退却之后，这想象的勇敢就变成了现实中无边的暴躁——对妻子和儿子的暴躁，而且，从长远来看，他费尽心机为妻子和儿子准备的绝非幸福的美酒，而只是痛苦的毒酒；最后，也是最重要的，他不是一位"好老师"和"好校长"，因为，为了满足自己的一己之私，他竟违背自己的职责，将自己的学生和同事推向危险的境地，如果不是意外事件（泰山庙小学校舍倒塌，上级震动，决定全面盘查市里的学校工程建设）发生，相信蒙在他脸上的"假面"仍牢固如初，并栩栩如生，那么，等待他的同事和学生的，则只能是新教学楼的坍塌，以及与此一起坍塌的生命和信仰……

就是在这种明暗交织的叙述中，李燕蓉为我们呈现了畅卫国这样一个普普通通的"蒙面人"——他不是什么大人物，不过是一所中学的校长——的悲剧，特别是呈现了因突发事件而导致"假面"倏然脱落时他的焦虑和绝望，以及他为摆脱这命运而进行的最后的疯狂挣扎。可是，尽管这"假面"在时光荏苒中已与他合为一体了，但它毕竟是外在于肉身特别是灵魂的，所以，一旦为社会的法则和道德的法则所震动，则必然无可避免地剥离和碎裂，并最终导致肉身和灵魂的双重断裂，所以，疯狂（另一种意义上的死亡）就是他的唯一出路了。

不知是作者有意的安排，还是编辑精巧的组合，在我看来，短篇小说《飘红》与《男人蹲在黑暗中》有异曲同工之妙，我们甚至可以说前者是后者的"姊妹篇"，因为，它讲述的同样是"让蒙面人说话"的故事，而且"说话"的"蒙面人"也是个微不足道的"小人物"。略有不同的是，《男人蹲在黑暗中》是借"假面"在突发事件撞击下不得已而脱落的契机"让蒙面人说话"，而《飘红》则是借"假面"刚刚与肉身接触时因生涩而不适的契机"让蒙面人说话"。换句话说就是，《飘红》是《男人蹲在黑暗中》的"前传"——

客观地说，对精明的市民小五牛刀小试，在"海归"同学说者无心的启发下，开办了一家有中国特色的"当日冲销"公司，钻股市的空子，占街坊邻居们的小便宜，赚取不多不少的钞票，我们是能够理解的，甚至还能够报以宽容的一笑，然而，当他浸淫于这样的"赌博"中，心理在不知不觉中发生位移时，我们的心也不由自主地悬了起来，因为，当他在生意繁华中设套把理发女孩阿琴变为自己的帮工时，当他不满于小打小闹计划再开一家"当日对冲"公司时，当他在想象中与阿琴心猿意马时（这想象差点儿变成了现实），特别是当他于股市低潮时毅然关闭"当日对冲"公司而将其变成"雀友棋牌室"时，我们看到，魔幻的"假面"正一点一点地与他的脸重合，对接，生长……

目睹这样的变化，令人心惊胆战不已，因为，这样的变化过程正是"蒙面人"一步步生成的异化过程，是黑夜和白昼在交接中颠倒的过程，是人类和鬼魅在亲近中易容的过程，是情感和精神的阳光日益暗淡而欲望和疯狂的黑暗肆意蔓延的过程……

正是在这样的逻辑链上，笔者认为，小说结尾，当作者以"超前"的眼光引领我们"看到"几年后，小五"制造的那个简陋的交易所，在人们的眼里，俨然是神话，是奇迹，是历史了。偶尔，只是偶尔，也会看见人们怀着高深莫测的笑走过来，拍拍小五的肩，说，小五，和理发师的事怎么样了？昨天你的棋牌室又交了多少罚款啊？"的结果时，其实是在暗示"小五"异化的过程早在"雀友棋牌室"开张时就已完成了，否则，她不会留下如此简洁却又痛切的一笔。

当然，李燕蓉缜密构思，从容命笔，塑造畅卫国和小五这两个"典型环境中的典型人物"，并非只是为了让我们在本就"热闹"得有些过分的生活中再艺术地"热闹"一把，而是有其独特的考虑，而这样的思考，就蕴藏在她经由虚构和叙述而折射出来的心理意识之中。

对世界文学，特别是对现代主义文学产生了深远影响的精神分析学家弗洛伊德认为，从心理学的视点出发看，人格结构由本我、自我和超我三部分组成：本我指的是原始的自己，包含生存所需的基本欲望、冲动和生命力，是一切心理能量之源，它按快乐原则行事，不理会社会道德、外在行为规范等，它是无意识的，不易被个体所觉察；自我是自己可以意识到的执行思考、感觉、判断或记忆的部分，他的机能是寻求本我冲动得以满足，同时又保护整个机体不受伤害，它遵循的是现实原则；超我是人格结构中代表理想的部分，它是个体在成长过程中通过内化道德规范、社会文化价值而形成的，其机能主要是监督、批判、管束自己的行为，它的特点是追求完美，要求自我按社会可接受的方式去满足本我，它所遵循的是道德原则。

按照弗洛伊德绘制的这个经典的心理坐标测量，我们会发现，这两篇小说中主人公的所有活动，其心理内涵基本上是在"本我"与"自我"之间浮动，几乎完全没有向"超我"的价值高峰冲动的努力——畅卫国的最高目标不过是"攒钱"供儿子出国，以使其"出人头地"，小五的最高目标也不过是"赚钱"，给老婆买一套口头上的别墅。

这样的人生目标，不过是为满足生存所需的基本欲望和冲动而奋斗，是快乐原则的产物，甚至还没有达到自我的水平线。然而，正是由于本我过度膨胀，才最终导致异化的悲剧无可挽回地发生了，这也从反面印证了超我的匮乏和存在之必要。事实上，作者之所以将这两篇小说的主人公都"设置"为普通人，是因为她想借此显示我们这个社会的膨胀与匮乏。因为，由普通人的心路历程所折射的社会心路历程更有普遍性，也更有典型意义。也正是在此处，作者的忧患意识水落石出，响亮动人——为过剩的欲望忧患，更为道德的匮乏忧患！

尽管有过度阐释的危险，笔者仍然认为对这两篇小说的解读不应到此为止，因为，在无边漫漶的心理忧患中，李燕蓉的这两篇小说也以镜子的方式展示了我们的时代欲望泛滥的文化症候，并在含蓄沉静的言说中，虽不激烈，但却委婉并点到为止地表达了自己的文化意识。

针对西方资本主义社会的新变化，特别是西方资本主义国家衍生为"政治社会"与"市民社会"有机结合的统一体，资产阶级统治也随之变为"政治统治"与"道德统治"（"文化统治"）相结合的有机体，因而单纯暴风骤雨式的"政治斗争"无法摧毁资本主义统治的现状。意大利共产党人、当代著名的马克思主义者葛兰西提出了"文化领导权"的概念，认为必须通过左翼知识分子"阵地战"式的文化斗争，瓦解资产阶级的"道德统治"，建立无产阶级的"文化领导权"，从而最终实现由市民社会和人民群众重新夺回国家权力的斗争目标。

毋庸讳言，由于时代原因，在葛兰西的论断中包含了强烈的意识形态色彩，这种情况与我们今天的社会状况不符，然而，如果扬弃这种强烈的意识形态色彩，则"文化领导权"这一概念对我们启发良多。

在放任自由的市场意识和消费文化互相推波助澜的今天，"财富神话"和"欲望故事"似乎成了唯一响亮的歌谣，通过大众传媒无孔不入的传播，就像有一只"看不见的手"在先知先觉地指挥着一样，几乎无处不在地填充了我们的生活，以尽其所能的方式为所有人提供"满足"和欲望对象，并潜移默化地改变着人们的思维方式和生活习性，换言之，原本朴素但充实的生活已为光怪陆离的"故事"所"置换"，如街头若隐若现的广告灯一样，呈现出一种暧昧的虚幻感和饥饿感，因而需要不断寻觅新的"欲望"来填充，来满足……

从某种意义上说，这就是我们的生活真相之一面，这也正是我高度肯定李燕蓉在小说中以畅卫国和小五这两个普通人为主角演绎生活戏剧的主要原因，如我们耳闻目睹的许多人一样，畅卫国就是为"欲望故事"所征服并摧毁的，而小五，则正在为"财富神话"所捕获，并被一步步推向黑暗的苦海之中，却无法找到回头的"岸"。

至此，通过自己的幸福和苦恼，希望和绝望，"假面"脱落的"蒙面人"和"假面"即将加身的"蒙面人"所说的话融为一体，振聋发聩：在这个已为"欲望神话"和"财富话语"所征服的世界上，我们用什么样的"故事"才能照亮这黑暗，拯救我们的灵魂和肉身呢？

这或许是《男人蹲在黑暗中》和《飘红》更深远的意义所在？

最后，回到李燕蓉的创作上来。在我的阅读经验中，读到的李燕蓉的作品比较少，感觉她不是一位很能写的人，然而，就这两篇小说以及以前零星读到的其他作品看，她的小说都写得很沉静，扎实，并步步为营，渐渐超越个人情感的视域，突入社会心理内部，不断丰富自己的书写空间。对作家而言，这种精益求精是一种难得的美德。

有这种美德的有力支撑，相信她在写作的路上会越走越远。

（原载《山西文学》，2009 年第 2 期）

写作的承担
——从《莉莉》《圆寂》等出发谈笛安的创作

毋庸讳言，年轻的笛安是一位因充满才华而使作品流光溢彩的作者，这才华是如此之充沛，以至于年轻时同样以才华出众闻名的苏童在为作者的长篇新作《西决》写的序言中坦陈其叙述能力超出了自己的"预料"，甚至超出了自己的"智商"。我猜测，作者也知道自己拥有灿烂的才华，因为，在其并不算多的文字中，作者曾不止一次委婉地谈到对才华的克制和锤炼——感谢这聪明的克制和锤炼，使我们在透过文字感受到才华的明亮和温暖时，并没有因其"横溢"而目眩和迷惑。不过，就像仅仅谈论光和热是无法接近太阳的本质一样，我想，仅仅就才华论才华，也是无法抵达像笛安这样认真的作者的艺术世界深处的，因此，在本文中笔者想试着寻找这才华背后的能量，从而为更加宽广的写作寻找一点启发。不过，这寻找依然得从才华开始。

笛安的小说让人爱不释手的首要原因是其语言——我在网上搜索了一下，无论是专业的评论文章，还是业余的随感文字，几乎都情不自禁地表达了对笛安小说语言的喜爱之情。她的语言，或者朴素，或者华美，或者悲伤，或者欢乐，或者严肃，或者调皮，或者静穆，或者活泼，却都那么诗意而准确——难得的和谐之美。这种语言之美，在其处女作《姐姐的丛林》中已初现端倪并葳蕤生长，比如在评论"娟姨"奢侈而荒凉的恋情时，作者用了"连痛苦都扎着蝴蝶结"这样的句子，既出人意表，又恰如其分，既奔涌着亲历者悲伤的河水，更洋溢着旁观者歆羡的目光，其精准的诗意令人惊诧不已，赞叹不已。在其后的作品中，这种语言的美更加绵密，自然，有质感，譬如在阅读《莉莉》时，在阅读《圆寂》时，由于美的语言的浸润，你时时会忘记是在阅读一篇小说，而觉得是在朗诵一首诗，在倾听一曲音乐……

与其小说的语言之美相对应的，是其小说的叙述之美。

与其语言摇曳多姿一样，其叙述亦行云流水，时而如"飞流直下三千尺"的"银河"，一发而不可收；时而如"奔流到海不复回"的大江之水，滚滚东流；时而如"清泉石上流"，从容清澈……简言之，其节奏或奔腾，或跳跃，或舒缓，或凝滞，或静若处子，或动若脱兔，不一而足，但都调度有方，收放自如，极其从容，极其自信，极其有耐性，也极其有爆发力，因而总是能水到渠成，梦想成真——吸引我们，引领我们，不断穿越词语的"林中路"，向着远方跋涉。

比语言和叙述更深一层的，是作者的叙述姿态之美。

小说创作无疑需要一种角度，从而获得一个力量的支点并以此撬动生活，撬动世界。这个角度就是作者面对客观世界时的评判以及由此生发出来的态度。落实到小说中，这就是作者的叙述姿态。在笔者看来，面对浩瀚的世界，作者的态度，呈现出与其年龄不相称的从容，乃至宽容，因为，作者虽然似乎看破了世界的不完美，乃至残酷，但却没有因此而或者"乐观厌世"——后现代式的玩世不恭，或者"悲观愤世"——前现代式的乡愿情怀，更或者"积极入世"——怀揣功利主义，在这个本就不完美的世界上再添上丑陋的一笔，而是在写作中与这个世界达成某种心照不宣而又坚不可摧的契约——博爱与真诚，仁慈与宽容！这使她在作品与世界之间，在心灵与生活之间，获得了一个端正的位置，一个平和的位置，一个充满了美感的位置。

至此，我们已逐渐穿越笛安小说的外部之美，即令人着迷的语言之美，叙述之美，姿态之美，而逐渐接近其小说的内核之美——心灵之美！毕竟，任何有意味的形式，必然是有意味的心灵的产物。毕竟，血管里流出来的都是血，而水管子里折腾得再厉害，流出来的也只能是自来水。也就是说，笔者以为，笛安的小说之所以具有温润如玉的形式之美，正是因为她有一颗"通灵宝玉"般的心灵，而这颗心里酝酿的，洋溢的，呼唤的，都是爱——懵懂的爱，复杂的爱，苍老的爱。

在《姐姐的丛林》里，作者以"娟姨"华丽而苍凉的爱情为镜子，照出了"姐姐"和"我"各自懵懂的爱——材质一般而向往完美的"姐姐"，从正面把"娟姨"树立为自己的标尺，因而必然在懵懂中遭遇挫折，乃至失望；才华出众的"我"从反面把"娟姨"树立为自己的标尺，也必然在懵懂中遭遇挫折，然而这挫折却使"我"逐渐开窍。在"类童话"小说《莉莉》里，作者写了复杂的爱，这爱涉及许多达到极限的界限——猎人与动物之间的界限，恩人（养育者）与仇人（杀母与杀夫）之间的界限，守望家园与回归自然之间的界限，背叛与忠诚的界限，爱与恨的界限……有好多次，在这极端的界限面前，我都控制不住自己，心惊胆战地以为作者笔下的"人"和"物"就要在这界限的压迫下与对方决裂了，譬如当莉莉在冲动中抓伤老猎人时，当莉莉目睹老猎人杀死自己的爱人阿朗时，当莉莉看到自己的孩子被动物学家装入铁笼子，装入吉普车，即将拉到动物园去的时候……谢天谢地，作者没有为这重重界限所"囚禁"，因而总是能在千钧一发之际，巧妙地打破界限，化解危机，使小说里的"人"与"物"在否定之否定中达成更高级别的和解，最终相濡以沫，相依为命，因为诚如作者在创作谈《关于莉莉》中所说的"她"（莉莉，也暗指作者）"懂得在懵懂中理解所有的苦难，不是因为坚强，只不过是为了生存下去，只不过是因为心里怀着很多爱"。在《圆寂》中，作者写了苍老的爱。在小说中，作者引领我们穿越半生时光，见证袁季和普云如何于滚滚红尘中历尽千辛万苦，分别以对方为自己的能量之源，超越身体与情感的"业障"，使两颗孤寂的灵魂最终彼此照亮，既苍凉无边，又温暖无边。作者似乎看破生死、善恶、强弱、美丑，因而写得冷静平和，饱满大气，既展现了充足的艺术功力，又展现了超越的心灵力量，令人叹为观止。小说结尾，当袁季和普云在寺门口由分离而相聚，又由相聚而分离后，我们仿佛看到一场灵魂的大雪从葳蕤的词语中洋洋洒洒飘落而下，飘落得无边无垠，飘落得地老天荒，飘落得大地白茫茫一片真干净，飘落得人类苍老如浮云，幼稚如赤子……

　　我必须再强调一遍，涌动在笛安作品里的爱，不是对完美世界的歌唱，而是对世界缺憾的弥补。是的，几乎在笛安的每一篇小说中，我们所面对的世界都是有缺陷的，不完美的，甚至是令人绝望的（这也是现实的镜像），但也正因如此，才激发了作者的勇气，用自己年轻而美丽的双肩，肩起了自己的责任——用爱与真，给读者以希望。

　　在《莉莉》中，笛安借莉莉之口，说了一句如格言般深入读者心灵的话："生命不是为了放纵而是为了承担，为了一种日复一日没有止境不能讨价还价的承担。"我想，如果替换两个字，把"生命"换成"写作"，这句话仍是一则格言，一句对每位写作者都有所启发的格言："写作不是为了放纵而是为了承担，为了一种日复一日没有止境不能讨价还价的承担。"或许，这就是笛安小说美的奥妙之所在？！

（原载《山花·B版》，2009 年第 9 期）

让思辨进行得更激烈些吧

　　鲁敏是一位细腻的作家，一位温暖的作家，一位当大家都在混沌下沉时她却纯净向上的作家。关于这点，只要读读她的《逝者的恩泽》、《纸醉》等"东坝系列"作品，就会强烈地感受到这一点。正是这种独特的写作取向成就了她纯粹诗意的初期风格。但毫无疑问，鲁敏还是一位清醒的作家，或者说是一位有着自觉的写作意识的作家。在品尝到这诗意写作给予世界以光泽也给予自己内心以光泽的欢乐时，我相信她一定也意识到了这种诗化写作在一定程度上影响她向着更宽广更深邃处拓展。于是，我们就看到了她挑战生活、挑战现实、挑战自我、挑战写作的另一个类型的小说——《惹尘埃》是其代表作。

　　《惹尘埃》的故事相对简单：由于自己一向中规中矩的小公务员丈夫在跟神秘的"午间之马""幽会"途中以一种最匪夷所思的方式死去——被垮塌的高架桥压死，而自己在得知这一消息后，又迅速跟有关方面达成"默契"，"认可"了丈夫"因公死亡"的"事实"，为自己和儿子换来了一份不错的未来生活保障，这个"意外"使肖黎突然意识到了生活中残酷的一面，意识到了欺骗的无处不在——自己一直被心爱的丈夫所欺骗，而自己也在丈夫的事故上欺骗了自己，欺骗了儿子，欺骗了世人，甚至欺骗了死去的"丈夫"……由此，肖黎的世界被摧毁了，患上了"不信任症"，"具体地说，是肖黎对现行的社交话语、价值体系等的高度质疑、高度不合作，不论何事、何人，她都会敏感地联想到欺骗、圈套、背叛之类"，[①]因而对生活中的一切，她都高喊："我不相信！"与肖黎相反，退休老人徐医生和卖假药的年轻人韦荣，却心安理得地接受、享受生活中的暧昧与欺骗，尽管他们的出发点和动机并不相同——徐医生是因为历史的伤害而变得"世事洞明皆学问"而宽容一切，韦荣则是因为现实的挤压而不得不认可并化为这灰色现实的一部分，从而维持一份虽不荣光但却安稳的生活。

小说就在肖黎与徐医生和韦荣的"争论"中层层推进，并抵达作者思考、纠结的核心问题。作者想探讨的其实是"谎言"的问题与"信"的问题！客观地说，在当下不无灰色地带的语境中，以如此单刀直入的方式提出这类大问题（为此，作者甚至部分地牺牲了艺术上的精致性，而这却是她的优势之一），既体现了作者对当下生活感受的深切、观察的深刻，也展现了作者敢于面对现实发言的勇气和责任心。这使小说充满了激情和力量——有时候，我们甚至感到不是肖黎在"控诉"，不是徐医生在"劝说"，不是韦荣在"诱导"，而是一向文静的鲁敏在脸红脖子粗地呐喊，在自己跟自己"讲道理"，争执不下。

这使我们时常激动不已，尤其是当我们面对肖黎的激烈乃至"刻薄"时。然而，当我们冷静下来，仔细推敲小说的情感逻辑与思想逻辑时，却又感到不那么满意了，因为，肖黎最终在沉默中认可了生活中灰色空间的存在与合理，认可了徐医生关于欺骗的理论，认可了韦荣关于欺骗的现实合理性……简言之，激烈的肖黎最终还是失败了！这个问题之所以让我难以接受，是因为从深层次上

① 鲁敏：《惹尘埃》，载《小说选刊》2010 年第 8 期第 29 页。

讲，肖黎的失败不是虚构的主人公的失败，而是作者的失败——作者主动降下了挑战的旗帜！我们甚至可以说，作者主动放弃了写作的难度——她没有在主人公的争斗中将艺术思辨推向极致。当然，作者有自己的理由——通过人物之口说出来的理由。但透过现象看本质，我们会发现这些理由过于简单，甚至是建立在虚假的前提下——这影响了小说的质量。

肖黎（在某种意义上我们可以说她是作者的"代言人"）之所以认可存在的就是合理的并最终接受现实的谎言与谎言的现实，主要基于两个理由：一是对历史的理解，一是对现实的妥协。前者经由徐医生（一位老人，历史的象征？）而实现，后者经由韦荣（一位年轻人，现实的象征？）而实现。但这两个理由都经不起分析。关于对历史的理解，徐医生劝说肖黎的这段话听起来最有说服力："要知道，说谎这种事情，真算是咱们最大的人情世故，它是有传统有渊源的，你就得服这个软！你想想，古往今来，历朝历代，随便扒开一个缝儿往里瞧瞧，哪里不是谎言！远的不说，就我们这代人，前前后后，从上到下听了多少大谎小谎，自己又撒了多少大谎小谎……"听起来似乎振聋发聩，可实际上破绽百出：首先，关于历史是否如"徐医生"所言，是由谎言构成的，本身就是一个值得追究的问题，但即使我们退一步，搁置这个问题，也无法接受作者的结论——如果我们发现历史的荒谬之处，不是为了批判它，而是为了接受它，那这样的发现还有什么意义？我们可以借鲁迅的《狂人日记》来进一步说明这个问题。如果鲁迅在《狂人日记》中发现了五千年的中国封建历史就是一部吃人的历史之后，不是在"沉默中爆发"，发出一声"救救孩子"的泣血呼喊，而是在"沉默中灭亡"，认可这黑暗的历史，那么，我们就无从寻找这部作品最炫目的艺术光彩。而关于韦荣所展示的现实过于艰难的问题，正如石一宁在评论中所指出的，①这本身就是一个逻辑错置：韦荣把生活艰难上升到"活着还是死去"的两难选择的高度，并以之为自己的欺骗进行辩护，甚至不惜因此而否定一切（在这一点上，肖黎因自己人生的失败而与他不谋而合，这也是肖黎最终认可韦荣的原因之一），这显然是夸大其词，甚至是"转移视线"。而且，我想追问的另一个问题是：肖黎因为生活中大的欺骗太多而原谅了韦荣小打小闹的欺骗，但如果我们连生活中小打小闹的欺骗都无法反抗、无力反抗，甚至无心反抗的话，那么我们哪里来的力量去反抗更大的欺骗呢？

鲁敏的失败（在某种意义上，肖黎的失败就是鲁敏的失败）是一种勇敢的失败，我们应辩证地对待这种失败，在肯定其艺术勇气及其艺术上的成就的同时，也应指出其不足之处，分析其不足之原因。在我看来，《惹尘埃》之所以产生一个"失败"的结局，是因为作者在艺术批判（现实）的实践中，其批判锋芒仍未触及现实的坚硬处，而是更多地停留在"话语"的层面上——这在表面上看起来似乎再现了生活的复杂性与多样性，而实际上，却极大地简化了生活的复杂性。比如，如果我们要批判或接受现实的谎言和谎言的现实，难道我们不应该思考这样的现实与当代社会物质生产机制和精神生产机制之间的关系吗？在今天，难道我们不应该深究这现实与"人化"了的资本之间的关系吗？艺术批判固然是话语批判，但绝不应忽视物质批判。

正是基于这个原因，我希望鲁敏将艺术思辨进行得更激烈些，以冲决"话语"的障碍，奔赴一个更加奔放更加生动的"现实"世界。

（原载《文艺报》，2010 年 8 月 27 日）

---

① 石一宁，季亚娅，张慧瑜：《在谎言面前：沉默还是呐喊？——〈惹尘埃〉三人谈》，《小说选刊》2010 年第 8 期第 49 至 51 页。

家乡 异乡 家乡
——杨遥其人及其小说

去年秋天，我跟云雷、老何父子一起去五台山"朝圣"。诸事完毕，正不知如何安排下一步活动时，云雷收到了王祥夫的问候短信。一听到这个消息，我们立刻异口同声地说："找王祥夫喝酒去！"

把我们在五台山的消息短信告知王祥夫，过了五分钟，王祥夫打来电话，说晚上八位朋友将从四面赶来，一起找我们喝酒，不醉无归，并让我们帮他们预订好房间。不巧的是，第二天五台山举办一个盛大的佛教活动，各家宾馆，无论大小，均一室难求。再加上猜测他们大多已来过五台山多次，不宜再次"劳师袭远"。而且，这里的住宿和饮食又实在昂贵，在这里畅饮、畅谈两天，成本有点儿高——用我们的原话说就是"不如把钱省下来打酒"。于是我们就短信建议他们换个外围点儿的地方，我们赶到那里去跟大家会合。又过了五分钟，王祥夫再次打来电话，说："到代县去！晚上六点！杨遥在那里！"

短暂休整之后，下午两点，我们的车便离开了莽莽苍苍的五台群山，离开了缭绕的香火，离开了无边的佛声，带着一路烟尘，一路兴奋，驶向秋天的原野，驶向代县，驶向朋友，驶向杨遥……

　　两个小时后，沿着干涸的滹沱河道，穿越无数因枯萎而金黄的玉米，我们进入代县境内。一路陪伴我们的驾驶员郑大哥告诉我们，代县是一个特别有历史的县，而最为有名的大概就是"杨家将"了。果然，就在路边一个灰色的小村子里，我们遥遥地看到了杨令公的祠堂，而在另一个小村子里，我们又遥遥地看到了杨七郎的墓葬。于是，在村子里不时传出的高亢而又苍凉的不知什么名目的地方戏声中，儿时趴在树上（家里没有收音机，又想听得清楚些，就只好出此"上策"）听到的刘兰芳演讲的评书《杨家将》的内容便一幕幕浮在眼前……

　　就在这时，接到杨遥的电话。他告诉我们，他刚刚从忻州赶回来，正站在马路尽头一家宾馆门前等我们。在他指挥下，我们继续前行。五分钟左右，我们看到了杨遥。他站在午后的阳光中，憨憨地笑着，像一株秋天的玉米，或者别的什么让人想起"朴素"这个词语的植物。

　　由于其他的朋友还没到，杨遥便领着我们在代县城里转悠。

　　我们先去了"代州文庙"。杨遥说，这是山西省保存最完整、规模最大的文庙。据民间传说，春秋战国时孔子周游四方，到这里时，再也不想走了，想在这里扎根讲学，传播儒教，于是就有了文庙的雏形。到唐朝时，随着孔子被封为"大成至圣文宣王"，地位日益显赫，儒学也相应声威日隆，于是文庙扩建，蔚为大观……我特别感兴趣的是，在文庙正门两边的墙壁上，用大红的纸张，张榜公布着历年高考高中者的名单。看来，这里的"文脉"的确源远流长。院子里有一棵粗大的古槐，上面挂满了红布条。杨遥说，这是每年高考前学生家长挂上的，为儿女们祈福。他还告诉我们，每年春天，这棵老槐树就开出浓密的花，散发出一股浓郁而奇异的香气，满县城都能闻到。

　　杨遥还领着我们爬上了长城第一楼——边靖楼。杨遥告诉我们，宋朝时，杨家将跟金兵作战的主战场就在这一带。历史上，因为这里是战略要冲，因而往往成为兵家必争之地。这个时候，已是夕阳西下，远处群山如黛，近处城楼如血。看着城楼上那"声闻四达"、"威震三关"的巨大牌匾，那些史书上碧血染黄沙的场景又浮上心头。

就是在游荡的过程中，杨遥跟我谈了他的一些经历。谈他在乡村学校任教时的艰难与无奈。谈他在乡镇工作时的见闻与思考。他告诉我，在乡镇工作时，他们发现一个村里的人全部丧失了生育能力，经过反复调查，才弄清是由于村民们跟羊群喝同一条河里的水导致的，经过挖深水井、人畜分开喝水等措施，才最终解决了这个问题。听他讲这个故事时，我又感伤又高兴。感伤人们羊一样的命运；高兴在杨遥们的努力下，这些羊一样的人终于又获得了人的命运与生活。

杨遥还跟我谈了他创作中的苦乐酸辛，谈了他现在面临的生活与创作的双重困境，谈了他笔名叫"杨遥"的原因。他告诉我，他很小的时候就想去雁门关，但真正第一次登上雁门关，却是大学毕业几年之后，在他们村里，几乎谁都知道雁门关，并引以为豪，可是很多人却一辈子都没有登上过雁门关。对于近在咫尺的一个地方都如此难以抵达，这就是一个小镇人的局限，也是人生的一个缩影。在杨遥看来，写作是突破这种局限的唯一选择，也是超越这种人生的唯一途径，于是他就不顾一切地写，并给自己起了这样一个笔名——他希望自己有机会离这个地方远远的，因为他对这个地方充满了绝望；也希望自己的小说有机会发表得远远的，让自己和外界多一份联系……

当听着杨遥用他那朴拙、硬气而又不乏灵动的乡音讲述着他的家乡和他自己的故事时（尽管这样的故事不乏失望乃至绝望），特别是他的故事很容易地就被四周浮起的同样的乡音所融化，而他又很容易地就会"消失"在大街上的人群中，我就想，这是一个为家乡而写作的人。可是，大量阅读他的小说之后，我发现自己错了，因为他的小说中，充满了对家乡／此处的拒斥，而又充满了对异乡／别处的向往。

在杨遥的小说中，"家乡"简直就是一个令人无法直面的存在。比如，在《闪亮的铁轨》中，那个名为"弧"的家乡的自然风景是那么的迷人："北方二月还是寒冷的时候，地里光秃秃一片。黄昏最后一缕阳光打在土坯墙上，像展开一幅黄色的画卷。屋顶上炊烟已经飘起，与滹沱河的水汽一起笼罩在村子上空，干燥的烟味变得湿漉漉的，春天像捉迷藏的小姑娘一样，已经站在人们背后了……"然而，在这美丽的风光里，发生的又是怎样荒谬的故事：那个石头一样沉默着的少年，那个用蓝墨水在左胳膊上刺着"恨"、在右胳膊上刺着"找我妈"的少年，那个不识人间温情的少年，最后不也刺激出了村人们空前的恐慌与仇恨吗？他们不是要么纵火要么放出疯子驱逐这个少年吗？最后，他们不是将少年捆绑起来，隐藏在麻袋中，送到遥远的地方去了吗？这篇寓言一样的小说，通过这个怪异少年的奇异遭遇，将这个名为"弧"的小村的封闭、落后、愚昧，甚至残忍，展现得淋漓尽致。

如果说，在《闪亮的铁轨》中，作者对"家乡"的拒斥还有所节制的话——"弧"里的人们对那少年毕竟施与了有节制的温情，而他们对那个少年的防范乃至驱逐也是有节制的，那么，我们可以说，《二弟的碉堡》就是作者对"家乡"的强烈拒斥开出的荒谬之花：那个被自己的母亲命名为"二弟"的女人，本身就是一种荒谬的逻辑的产物，而她将自己的三个女儿分别命名为"老头子"、"二圪蛋"、"三老头"，更是荒谬中的荒谬，可这"先天"荒谬的一家人在鸟镇的"后天"遭遇，却让我们看到了荒谬的极限，体味到了黑色幽默的真滋味。特别是当读到"二弟"家那碉堡一样的新房子在村人的嫉恨与阻挠中落成后，村人纷纷趁着暗夜在周围堆放垃圾时，会时时感到一种浓得化不开的恨意洋溢在"鸟镇"上空，而这仇恨，似乎又来得毫无道理，可就是这毫无道理的仇恨，竟将小说推至这样的情境："月亮一上来，人们端着簸箕、挑着箩头、推着平车、开着三轮车，神秘地向二弟家进军。二弟家的灯好像还没灭，人们就开始轰轰地倒垃圾。有的人干脆把二弟白天清除了的垃圾又拉回来，他的做法很快引起了人们的注意，很多人模仿他，把二弟白天清除了的垃圾又拉回来。鸟镇的人从来没有如此兴奋，也没有如此团结，干到半夜时，不知谁组织的，女人们竟然送来了夜宵。"这女人们送来的夜宵，这助纣为虐的夜宵，竟让人出离愤怒，忍俊不禁了，而二弟的举动则简直让人捧腹了："她让二圪蛋拿出一根竹竿，把一块绣着乌鸦的刺绣挂在上面，高高地插在屋顶上，看得聚天目瞪口呆。"她还念念有词："让那些狗日的倒哇，我不信他们倒的能超过这只乌鸦。"然而捧腹之后，这堆积的垃圾，这飘扬的乌鸦旗，让我们禁不住追问：这到底是一个怎样的村庄啊？

杨遥对家乡／此处的拒斥，除了表现在创造、呈现一个封闭、冷漠、隔膜、残酷的世界之外，还在于他小说中的那些小人物身上往往于沉默中突然爆发出一种扭曲的暴力，就像他的小说《铅色云城》中的主人公蒲说的那样："你写这样灰暗的作品，让人有一种十分绝望的感觉，不知道为什么你对人会有这样一种狠毒的看法？和你相处，感觉你很和善呀？"这段话，与其说是杨遥虚构的人物"蒲"发出的疑问，不如说是熟悉他的朋友们读过其作品后发出的疑问：杨遥的确是一个和善的人，一个智慧的人，一个朋友们都喜欢与他在一起的人，可在小说中，他怎么就对人有那样一种"狠毒"的看法呢？在《结伴寻找幸福》中，他让一群流浪汉"集资"去找小姐；在《丢失了的，永远丢失》中，他让沉默温顺的大明突然成了爆发的野兽；在《谯楼下》中，他让一直卑微着的成七于无声中成了杀人者与被杀者……

是怎样的遭际、怎样的痛楚、怎样的绝望，让和善的杨遥、智慧的杨遥、朋友喜欢与之相处的杨遥，在内心里孕育出一些这样的"狠角色"？看着这些"狠角色"在小说中走向远方，甚至走向世界之外，再想到那往往长时间的沉默着而一旦张口又总是令满堂大笑的杨遥，一种熟悉的陌生感，一种荒谬的真实感或真实的荒谬感便涌上心头。

然而，更加悖谬的是，尽管杨遥始终把家乡当作异乡来剥离，而又把异乡当作家乡一样来建构，可他却从来没有找到一处可做家乡的异乡，或者说，他越试图把自己从家乡剥离出来，他就越紧密地把自己嵌进家乡的版图中去了。难道不是吗？在他的小说中，走得最远的人物是到了"巴黎"的剃头匠阿累，可说到底，这个"巴黎"不过是杨遥以自己生活的小镇甚至小村为蓝本虚构出来的一个"国际化大都市"，而那个阿累，简直就可以说是作者自己了，他日复一日重复的枯燥生活，不就是杨遥不止一次诅咒过的生活吗？而阿累回顾自己在"巴黎"的日子，能想起来的就几天：刚来那天。第一次剃头那天。治疗枪伤那天。顾客主动让自己剃头那天。自己把顾客割伤那天。还有另立门户那天。"许多的日子加起来竟然只有六天能回忆起来，一个礼拜还不到，而且肯定还有要忘记的。阿累不知道活一辈子有多少天可以回忆起来……"这样的日子不正是杨遥一直在逃避的日子吗？

就是这篇作者将故事放置到"越南"、放置到"下龙湾"的小说，难道不也是作者以自己生活的小城为背景建构起来的？那个在自己的家乡丧失了恨的能力，甚至丧失了爱的能力的"我"，只有到了遥远的异乡——绿得令人疲倦的"下龙湾"——才恢复了爱的能力，难道不正是他在那个"寒冷"的"北方小城"的困境催生的？

几天前，我待在中国北方一座小城市，每天为调动工作的事情发愁。觉得自己慢慢变成卡夫卡《城堡》里的土地测量员K，在白雪皑皑的小城无望地等待。我甚至坚信不疑，有一天早上自己醒来，真的会变成一只大甲虫。

当然，他没有变成卡夫卡的"甲虫"，而是变成了一个身患绝症的"病人"，他生活的世界，也没有变成K的"城堡"，而是变成了温暖的开阔的"下龙湾"。在那里，他将弥留之际所有的爱，奔涌的海浪般的爱，普照的阳光般的爱，都洒在那个忧郁的小女孩身上。从深层次看，这个虚构的温暖的"下龙湾"，不仅是对现实的北方小城的抗拒，而且，更是对一个开放的、温暖的、能让人爱的北方小城的呼唤。其实，通过在想象中逃逸的方式，他更实在地回到了自己的家园……

写到这里，突然又想到了第二天我们离开代县、离开忻州与杨遥告别时的情景：游玩一天后，我们要返回太原，再从太原乘火车返回北京，杨遥也要返回忻州去上班，他搭我们的顺风车。车到忻州与太原高速路分叉的路口时，我们把杨遥放在路口，他一个人步行去市里，去单位，而我们还要沿着高速路一路狂奔。看着杨遥一个人孤独地站在那里，他的周围是曲曲弯弯迷宫一样的高速路，我禁不住有一种眩晕感，伤感也涌上心头。当有人说杨遥的小说模仿了卡夫卡时，他非常智慧地辩解说不是他模仿了卡夫卡，而是他的生活模仿了卡夫卡的生活。其实，他的生活也没有模仿卡夫卡的生活。我们生活的时代，是一个高速旋转的时代，是一个旋转得令人眩晕的时代，是一个眩晕得令人困惑、令人绝望、令人逃避、令人不知所措的时代。在这样的时代，我们只有牢牢地立足于我们脚下的大地，然后才有可能从个人的眩晕中走出来，观察时代的眩晕与疯狂，呈现时代的眩晕与疯狂，也才有可能走向灵魂的深处，走向世界的尽头……

　　从这个意义上讲，目前我还是更愿意听杨遥讲他"家乡"的故事，听他讲二弟们、成七们、钟飞们、孙金们的故事，听他讲雁门关下小村里那些草根一样、羊群一样的人的故事……因为，在这样的故事中，不仅燃烧着他地火般爱恨交织的情感，也隐藏着奔向远方的密码。

　　　　　　　　　　　　　（原载《作品》，2011 年第 11 期）

真正的"现实主义"

——读杨小凡《喜洋洋》有感

　　我对当前小说创作，尤其是那些打着现实主义旗号的小说创作的一个意见是：作家们越来越脱离活的社会关系，脱离活泼泼的现实而写作，因而，他们笔下的"现实"不是活的现实，他们笔下的"人"也不是活的人，他们文中的情感与思想，自然也不是活的情感与思想。

　　这样的小说，尤其是那些所谓的"好小说"，可能文字溜光水滑，可能故事活灵活现，也可能人物有模有样。但这样的故事和人物却经不起推敲，尤其是经不起现实的检验。在活生生的现实面前，在充满戏剧性的现实面前，这样的小说是那么的苍白，那么的乏味。而本来，文学应该是对生活的赋格和升华，是对生活的丰富和引领。难怪在一些对小说的艺术性比较讲求的作家那里，"现实主义"成了"懒惰的艺术"，"现实主义"成了"懒惰主义"——如果这样的批评仅仅是针对当前现实主义小说创作中的流弊而发的话，那我赞成，举双手赞成。

　　事实上，何止"现实主义"成了"懒惰主义"。在当前的小说创作中，"懒惰"难道不是成了一种流行的弊病吗？写"现实"的不深入现实，不观察现实，不凝聚现实，而仅仅凭借想象，凭借虚构，凭借意愿去写，这样的"现实"除了给读者留下一堆"虚假"的印象之外，还能留下什么东西呢？写"内心"的也好不到哪里去，因为，他们从来就不仔细探究幽微细腻的"内心"的复杂性，尤其是不探究"内心"的戏剧性与"现实"的戏剧性之间的辩证关系，于是，一个怪谬的现象产生了——尽管当下许多作者声称他们写的是"内心"，写的是"人性"，可遍览他们的作品，我们却根本看不到灵魂的闪耀，看不到人性的丰满，看不到"苦闷的象征"。说实话，我们看到的仅仅是无能的艺术和艺术的无能。与这种无能相伴随的，是内分泌的滋生。

　　这也是为什么我比较喜欢杨小凡小说的原因之一：他不是从想象出发，不是从意愿出发，不是从虚构出发，介入生活，相反，他是从生活出发，从现实出发，从内心出发，向着小说可能的丰富性和深刻性，以及由此而产生的戏剧性和形象性进军。这不仅使他的小说闪烁着生活的光泽，而且也闪烁着艺术的光泽，也就是说，这使他的小说呈现给读者的是"活的社会关系"和"活的人"，是"人们"在"活的社会关系"中上演的"活的戏剧"：在《工头》中，他从房地产市场这个资本生物链最低端的一条"小鱼"——工头——的视角出发，观察这个无比繁荣而又无比危险的资本竞技场，呈现其中人性的痛苦与挣扎，其间的复杂性和真实性，令人触目惊心，叹为观止；在《望花台》中，他从一个"小贼"的盗墓故事出发，引发出一个"惊天大盗"的故事——一个曾经在中国许多地方上演的非法集资故事，让我们看到，在资本肆虐的狂风中，老百姓就像秋风中的玉米一样，东倒西歪，无所依凭，这依然令人触目惊心，叹为观止。在《欢乐》中，他让一位即将"正式"进入城市生活的"农民"急流勇退，回归乡土——这个看似不可能的故事，为我们呈现的，却是无比真实的现实，因为，在"闯进"城市的过程中，贾欢乐发现自己失去了安宁，失去了自我，甚至还面临着更多更大的失去，包括安全，甚至生命。这一系列的失去，使其欢乐成为"假欢乐"，使其惶恐不已，使其萌生退意，也因此，他回乡途中的高歌一曲才真正意味深长，发人深省。

上述作品，无不打着杨小凡对"活的社会关系"和"活的人"的深刻观察之印记，也显示着这是一条虽然艰难但却充满希望的写作之路，而其中篇新作《喜洋洋》则进一步确认了我的这一判断——在这篇小说中，杨小凡将其对社会关系和人的观察与书写又提升了一步。

这篇小说给我们讲述的，仍然是一个令人"匪夷所思"的故事：赵大嘴原本是白家屯的孤儿（父亲死了，母亲走了），是吃百家饭长大的，十九岁时，由于一时冲动，与恩人白香亭丧夫的儿媳菱子有了意外的情感，事情暴露后，感觉无颜见父老的他远走他乡。多年以后，经过艰苦打拼，赵大嘴在城里做药材生意，发了财，成了大老板。这时，他又常常想起家乡的父老乡亲来，想回家去做点儿"善事"，以弥补自己内心的亏欠。经过一番铺垫，他终于回到家乡，出资建了一所名为"喜洋洋"的敬老院，并扶持村民建起了"中药材种植合作社"。没想到，这却给他带来了无尽的麻烦：不仅乡村干部讹诈他，让他多投资；不仅种植中药材的乡亲讹诈他，要他多付钱；就是那些他义务赡养的老人竟然也讹诈他，不仅要他改善硬件设施，还要他改善软件设施，有的甚至要他提供"色情"服务。最后，他竟因此而被拘捕……

这个看似"匪夷所思"的故事，却是今日中国乡村普遍上演着的戏剧，是铁一般的"真实"。对这个"真实"的发现和书写，是这篇小说的最大价值之所在——现在写底层、写农村的作品铺天盖地，但由于作者对底层、对农村的隔膜，所以，大多数作品的视角仍然比较老套。要么是道德关怀式的，在这样的视角中，农民是那么的淳朴，那么的善良，也是那么的柔弱，那么的无能。要么是启蒙批判式的，在这样的视角中，农民是那么的愚昧，那么的迟钝，也是那么的可怜，那么的"可爱"。即使最与时俱进的，也不过是重弹"三农问题"的老调——在这样的视角中，农民是那么的苦，农村是那么的穷，农业是那么的危险，因而，也是那么的没有希望，没有出路，没有活力。

这是多么稳定、多么纯粹、多么透明的农民形象！

这是多么凝固、多么简单、多么虚幻的农民形象！

因为，这些作者们忘记了，他们所写的，是几百年前、几十年前，最迟也是十几年前的农村和农民了。他们呈现的，要么是"小农经济"和"道义经济"中的农村和农民，要么是"公社体制"和"官僚体制"（包括崩溃过程中）的农村和农民。可他们却对我们说：看啊，这就是我们眼下的农村，是"现实"的农村，他们是多么的"可怜"啊。当然，还有另一种哀叹声，那就是：他们是多么的"可爱"啊。实际上，稍微有点常识的人，都会知道，今日的农村早非昔日的农村了：自改革开放以来，尤其是自20世纪90年代以来，在商品经济先是和风细雨，后是暴风骤雨式的浸润与冲击下，在当下的乡村，不仅计划经济时代的互助合作思想早已烟消云散，就是在中国传统社会中扎根了几千年的"道义经济"也基本上成了"残余中的残余"。它们都无力结构农村社会，因而早已不是农村社会中主流的社会关系了。客观地说，在现在的中国农村，至少是大部分农村地区，主导性的社会关系是市场经济的社会关系，是适者生存的社会关系，用一句更直白的话说，就是一切向钱看的社会关系。如果有谁对这一点心存疑惑，建议他去乡村地区体验体验，至少，他可以去那些"边地"开发的旅游区转转，去那些商品经济相对发达的城乡接合地带转转——这是市场经济向农村席卷的前沿阵地，在这里，浓缩着当今乡村社会关系的魂魄。这魂魄就体现在当

地一些"生意人"的粗暴与贪婪上，而仅仅十几年前或者几年前，
这些"生意人"还是淳朴得几乎不知钱为何物的"农民"。

这就是小说主人公赵大嘴黑色幽默般遭遇的现实背景：由于
背井离乡多年，也由于对家乡的朴素情感，尽管在市场经济的汪洋
中挣扎了多年，拼搏了多年，吃尽了其中的酸甜苦辣，经验丰富的
赵大嘴仍然以为家乡还是那个道义之风盛行的家乡——对许多漂泊
在外的人来说，家乡大概永远是最后一块"理想"的土地吧。但他
错了，大错特错了。理想的家乡早已不风流云散！或者说，家乡早
已跟他打拼的城市一样，卷入了浩浩荡荡的市场经济潮流之中，而
且，以一种更为扭曲的方式展示着自己对这时代大潮的"适应"，
那就是，人们不仅不把乡情当作相互关系的纽带，反而将其当作讨
价还价的筹码。这是何其令人不堪的变化啊！在我的视野中，这是
第一次有人如此呈现乡村，也是第一次有人呈现如此的乡村。可以
说，这个呈现就是发现。

说一句并非多余的话：作者绝非将其批判矛头指向农民这个群
体——对任何合格的作家来说，这都是不合格的举动，不管这是一
个什么样的群体——而是指向农民所身处的社会关系，也就是说，
作者是从社会关系的变动出发考察农村的变迁并进而考察人心的变
迁的。这样的小说，不仅深刻，而且生动——这才是真正现实主义
的小说。

这并不是说《喜洋洋》已经是一篇尽善尽美的小说了。如果从
我们上文所说的真正的现实主义的艺术要求出发，这篇小说还有进
一步打磨的必要，个别细节也还有值得斟酌的必要。比如，小说中
导致赵大嘴离家出走的事件——他与菱子的意外情感，作者是这样
描写的：

> 菱子心里突然跳得厉害，她不由自主地伸手去抹赵大嘴

背上的汗珠子。她的手软软的滑滑的，抹在赵大嘴背上，赵大嘴突然觉得有一股电流迅速传遍全身，又从每一个毛孔里蹿出来，身体便颤抖起来。这颤抖立即顺着菱子的手，传到了菱子身上，菱子的身子也开始颤抖起来。突然间，两个颤抖着的身子合在了一起；这时，颤抖越来越重，通过他俩的身子传到割下的麦堆上，麦堆便加剧着颤抖起来，顺着麦堆传到麦地上，整个土地也跟着颤抖起来……

看得出来，作者对这个改变赵大嘴和菱子命运的情节是重视的，因而用了近乎诗一样的语言来渲染这个细节。但在我看来，这个渲染有些"不合时宜"——这个情节发生时，白家屯还是"道义"统治乡村社会的时刻，这时，乡村情感的表达方式与其说是张扬的，毋宁说是含蓄的。因而，这样的描写过于外露。换句话说就是，作者是用"今天"的眼光来看那个时代的爱欲了——这是时间上的"误会"。如果作者适当节制一下对这个情节的渲染，拿出必要的文字交代赵大嘴与菱子之间的人情关系（不是情人关系），则不仅为两人情感的爆发做一合理铺垫，而且还为赵大嘴日后还乡报恩埋下伏笔。不仅使小说更有纵深感，而且还会使读者在两种社会关系的对照中展开深度想象。

实际上，这不仅是认识问题，还是写作节奏问题。杨小凡是"小说快手"，据他自己说，一个中篇小说，大概两三天就能写完。听他这么讲的时候，我曾想起叶广芩用以"醒面"为例谈自己的写作。现在，我又想起了她的话。她说，对自己来说，一篇小说写完，只相当于完成"和面"阶段的工作，还要把这块刚刚和好的"面"放上一段时间——有时候是一两个月，有时候甚至是半年、一年，让它好好地"醒一醒"，然后再开始下一步的工作——"揉面"，把"面"做成"面食"，把"面食""送"出去——"送"到"消费者"（读者）手中……实际上，她说的是修改工作的重要性，我觉得这是经验之谈，因而很认可她的说法——多数作家刚刚写完作品之后，大都处在创作的"眩晕"状态中，这个时候是无法理性地阅读、斟酌自己的小说的，而放一段时间之后，作家已经从"酒神精神"中苏醒过来，会对自己的作品有一个相当清醒的认识，因而，这个时候的修改更能够切中要害。因而，善于修改自己的作品，也是一个成熟作家必要的自我修养。而且，从长远来看，养成这样的习惯，并不会影响作家的"产量"——因为，在"醒面"的时间里，作者还可以构思、写作其他的作品。

还有，杨小凡是一个写作题材相当广泛的作家。就目前我读到的他的作品来看，除了《工头》和《开盘》都是写房地产开发——还是不同环节——的外，很少有重复的题材。这一方面反映了他目光的敏锐和兴趣的广泛，但另一方面，这也影响了他观察的系统性和深刻性。有时候，读他的作品，会觉得一个中篇里蕴含着几个中篇的信息。比如，在《开盘》中，他既写了楼市资本的代言人，也写了楼市资本的奴仆，比如售楼小姐。我觉得，如果他像在《工头》中一样，分别从楼市投资人、开发商、建筑商、楼市操盘手、售楼小姐等不同的角色入手，结构不同的中篇小说，观察这条神秘的资本链和产业链，那么，他会为我们建构一个丰富而完整、深刻而生动的"楼市文学景观图"。

遗憾的是，他像一位游侠一样，徜徉于广袤的世界，乐此不疲。

也许，他是在这样的徜徉中砥砺自己的文学之刀，以使自己对"活的社会关系"和"活的人"的剖析更为犀利，更为深刻，更为鲜活？

如果是这样的话，作为读者，那我们有福了。

（原载《文艺报》，2013 年 3 月 27 日）

别样的小说实践

——论宁肯小说的现代品格

几年前，德国汉学家顾彬对中国当代文学发出了极其严厉的批评，这一批评，又被媒体断章取义为"中国当代文学垃圾论"，因而，在中国当代文学研究界引发了一场争论。毫无例外，在当下的语境中，这一事关中国当代文学品质的学术争论，再次沦落为一场媒体狂欢，而争论中所包含的严肃学术命题，自然也为媒体狂欢的口沫所遮蔽。

从事后诸葛亮的角度来看，顾彬对中国当代文学，尤其是当代小说创作所提的几点批评或意见——语言问题、形式问题、世界观问题——还是相当客观的，甚至在某种程度上指出了中国当代小说创作中存在的痼疾。因为，从根本上看，顾彬所提，既关涉小说的艺术可能，更关涉小说的精神可能。更进一步说，顾彬提出的是：在当下语境中，作家如何在作品与世界间立足的问题，即：写作如何可能的问题。而这个问题，在当下的小说创作中，的确是一个值得关注和思考的问题。

遗憾的是，如上文所叙，在媒体狂欢中，这些问题都被"杀死"了。不仅如此，即使偶有严肃的讨论，也往往从整体上对顾彬进行回应，而缺乏严谨细致的文本细读，导致回应相对空疏，缺乏说服力。

之所以旧事重提，是因为最近阅读发现，顾彬所提问题，在中国当下小说创作中并非没有好的范例——宁肯的小说就是很好的明证。阅读中，笔者有时会情不自禁地想：宁肯的小说，在多个维度上解决了当下小说写作的困境，创造了别样的现代小说文本，值得尊敬。

小说首先是语言的艺术。在阅读中，我们首先冲面对的，是小说的语言，而对我们的阅读产生直接或首要影响的，也是语言。在现代社会速度或数量——经济的代名词——几乎决定一切的前提下，即使在所谓的"纯文学"中，也很少有作家倾注大量精力于语言，倾心于语言的文学化和艺术性，倾心于语言的时代感和及物性，因而，语言问题几乎成为当下文学创作中的一大问题——这是现代社会法则为我们的文学创作设置的第一个障碍。坦白地讲，就整体而言，在这个问题上，中国当代小说创作可谓乏善可陈。一般而言，读者所接触的，大都是经过作家创作、编辑修改这两道程序之后公开发表的作品，但即使在这样的作品中，语言粗糙、叙述随意等问题仍不少见。而据笔者跟不少文学期刊和文学图书编辑的交流发现，"原初"状态下的文学创作，其语言问题，更是严重，有同道甚至用不堪卒读形容之。

然而，这还只是态度问题，表层问题，也是相对容易解决的问题。实际上，更为严重的，还不是这个问题，而是认识问题，是作家对语言本质的认识问题，是作家对语言的提炼问题，是语言与时代的关系问题，是语言与时代如何互相表述的问题，即：语言现代性的问题。

毋庸讳言，正如我们一再强调的，我们生活的世界，是一个高度物质化的世界，是一个物质决定一切的世界，是一个一切从物质出发一切回归物质的世界。现代世界的这一"物化"特征投射到文学创作中，就产生了语言的同质化问题，产生了语言的粗鄙化问题。在这一整体语境中，许多作家放弃了写作的难度，顺现代潮流而下，使创作成为时代的附庸，使语言成为时代的点缀，也使自己成为时代的奴仆。

自然，在这样的困境中，也有不少作家认识到了语言的重要性，认识到了以文学为时代祛魅的重要性，并做了多种尝试以解决这一困扰文学创作的难题。但在空前强大的现代语境中，这些尝试却收效甚微：为了抗拒现代世界的粗鄙化倾向，一些作家向传统回归，在文学创作中追求语言的古典化和诗意化。就个体而言，这种"回归"或许会产生一种间离效果，也在一定程度上实现了文本的"陌生化"，从而丰富了文学审美的可能性；但就整体而言，在现代语境中，这种"回归"是否可能、如何可能本身就是一个值得追问的问题。因而，有研究者批评，这种"回归"乃是对现代社会诸问题的回避，甚至"遮蔽"。为了抗拒现代世界的同质化倾向，一些作家追求语言的个性化或地方化。然而，研究者在为这种个性化或地方化叫好的同时，又对这种努力的普及性和延续性心存疑虑。为了抗拒现代世界的固化倾向，一些作家向内转，追求语言的内在化，然而，这样的努力在丰富了现代表述的同时，又很容易为欲望话语所捕获，成为欲望话语的急先锋……

在这个问题上，宁肯的文学实践极富启示意义。

概览宁肯的小说创作，可以发现一个现象：在当下作家中，宁肯不仅是现代体验极其深刻的作家之一，也是现代知识极为丰富的作家之一。因而，他对"现代性的后果"之认识，也极为深刻。正是这种现代体验的深刻性和现代知识的丰富性，为宁肯的写作提供了准确的坐标，使他做出了令人赞叹的选择：在顺我者昌逆我者亡的浩荡的现代大潮中，他不仅没有像大多数作家那样随波逐流，而且也没有选择我们上文所述的抗拒或逃避之路，而是直面现代生活，径直突入现代生活的核心，在与现代生活的深度接触中突围而出，创造了一种既是现代的又是反现代的小说文本。这首先表现在其小说的语言艺术上。

新世纪以来，宁肯最为瞩目的创作成果无疑是其长篇小说。笔者仔细阅读了其《蒙面之城》、《沉默之门》、《天·藏》三部长篇代表作，深深地为其对语言的敬畏、对语言的提炼、对语言的创造所折服。在很多人甚至连一首诗的语言也无法静下心来精心打磨的当下，宁肯却反其道而行之，对每一部长篇小说的语言，都像对待一首诗歌的语言一样，字斟句酌，精心打磨，以至于仅从语言的角度我们可以说其每一部长篇小说都是一卷长诗，一卷洋溢着或幽微或盛大，或朦胧或准确，或敦厚或犀利的语言光泽的"现代启示诗"——实际上，这后一句话已经表明，在宁肯那里，语言当然不仅仅是一个态度问题，而且更是一个认识问题，甚至是一个哲学——语言哲学——问题。换言之，宁肯诗一般的小说语言，既是他对现代生活的呈现，也是他对现代生活的抗拒，还是他对现代生活的超越。这既体现在其小说中的每一个词语、每一句话、每一个段落中，更体现在其小说语言的整体结构中。

就宁肯小说创作整体而言，毫无疑问，《蒙面之城》使他收获了读者众多的赞誉，初步奠定了他在小说界的地位。但就创作本身而言，这时，其独特的艺术品格正在萌发之中，尚未真正形成，有时甚至稍显稚嫩，但到了《沉默之门》，其独特的艺术品格已经得以完整呈现，也因此，笔者愿意以《沉默之门》为例，简要分析其小说的语言艺术。

《沉默之门》是呈现现代生活压抑人、异化人的小说。跟许多作家不同，宁肯的每一部长篇小说，几乎都直面现代主题，而非回避。仅就小说文本而言，这"现代生活"既指涉革命年代，如对倪老头的经历以及倪老头的经历对"我"的影响的描写就是这一年代的缩影；但在更宽广的范围内，这"现代生活"所指涉的，应该是"新时期"，尤其是 20 世纪 80 年代末期以降高度物质化、高度欲望化、高度消费主义的"市场化"时代。关于这一点，作家不仅在小说中以主人公李慢先后供职的两家报纸解体的时间予以委婉暗示，更以李慢第一次失业后找工作的荒诞经历予以全面铺陈。按照世俗的，也是通常的叙述，这一"市场化"时代是中国历史上难得的黄金时代，或者用一首歌的标题来说，是中国历史上难得的"好日子"，因而，从"常识"出发，对这样的时代的文学呈现，即使不用诗的语言，至少也应使用正剧的语言，使用平实、朴素、稳健的叙述语言。然而，在《沉默之门》中恰恰相反，关于这一时代，作者使用的是灰色的、暗淡的语言，使用的是愤怒的、反讽的语言，使用的是急促的、憋闷的语言。而李慢因为与唐漓的爱情遭遇暴力般的中断而住进精神病院后，对这一非正常的人类居住环境，按"常识"，应使用晦涩、混乱、嘈杂、暴力的语言，然而，作者再次反其道而行之，在这一非正常环境大量使用"正常"的语言，使用安静的语言，透明的语言，清晰的语言，稳定的语言，到结尾时，更是使用大量诗意的语言、抒情的语言、哲思的语言，特别是李慢和杜眉医生在干河上看到静卧的羊群的段落，那无边诗意的语言，为我们建构了一个诗意无边的世界，在这个世界里，似乎一切都静止、安稳、"正常"下来……事实上，到这里，作者潜藏在语言背后的主体意识已经水落石出。简言之，作者通过对语言"常识"的颠覆，颠覆了人们习以为常的生活"常识"，让人们在这种"反常"的刺激下得以冷静、停顿、静观。从这个意义上说，小说第四章"南城"中李慢在"眼镜报"的荒诞经历已非必要，而作者之所以在故事"结束"后再次设置这一灰色场景，不过是为了在重复中提醒我们：到底怎样的生活才是"正常"的呢？

与语言紧密相关的，是小说的形式问题，即结构问题，或者说是叙事节奏问题。在这个问题上，我们仍然可以发现宁肯的独到之处。

现代社会是物质社会，这个物质社会的一个重要标志就是速度，效率，时间，就是永不止息，一往无前……而我们这个社会上的许多问题，就是因为这永不止息的速度带来的。而且，这样的问题，正越来越多，越来越频繁地爆发：随着 GDP 的高速飙升，是环境危机，药品安全危机，食品安全危机……随着物质积累的高速飙升，是信仰危机、文化危机、精神危机、情感危机……随着金钱积聚（不均衡积聚）的高速飙升，是越来越多的愤怒，越来越多的颓废，越来越多的堕落，越来越多的无知，越来越多的无聊……

面对这不断"加速"的社会，我们的文学该如何面对？这是一个无法回避也不容回避的问题。就笔者的阅读经验而言，大多数写作，不是选择了与这个社会"同步""前进"，就是选择了"加速度"，甚至选择了"超速度"，希冀以更快的速度、极端的速度克服速度带来的现代危机。而宁肯，再次反其道而行之，在其写作实践中，逐渐选择了一条"减速度"乃至"去速度"的途径，这主要体现在作者的叙述形式或叙事节奏上。在其成名作《蒙面之城》中，这种"减速"的倾向还不明显，或者说，作者在主观意识上想要减速，是要抗拒不断加速的社会，如马格之所以踏上永不回头的流浪之途，表面上看，是出于对"我是谁"的追问，而实质上，又何尝不是出于对速度（在小说中，表现为各种各样的"成功"）的恐惧和抗拒呢？又何尝不是出于对一种"慢"的生活状态（在小说中，表现为非功利化或去功利化）的向往和选择呢？不过，主观愿望是一回事，真正的艺术表达则是另一回事。实际上，在《蒙面之城》中，作者对"慢"的生活状态的表达采用的其实是一种"快"的叙述节奏，如马格以梦为马的流浪或追寻之旅，在很多时候依靠的是通俗文学的叙述动力。在相当程度上，小说的情感和精神进程，是依靠异域风情，猎奇、奇观得以支撑和推进的，尤其是小说结尾，尽管作者依靠一场突发事件——深圳大学的秘密演出和警察的强力介入——化险为夷，避免了马格无可避免地走向成功——尽管是另类成功——的俗套，但实际上，如果从深层次看，马格还是未能"免俗"，他离开弹孔乐队，再次"出走"，委身妓女的怀抱，难道不也是以其另类成功为背景吗？

　　这一意愿与实践相背离的情况，在《沉默之门》中得到了完美的翻转。在某种意义上，我们可以说，推动作家写作《沉默之门》的动力跟《蒙面之城》没什么本质区别，仍然是为了表达"慢"的思想。但这时，"知"已与"行"合一，小说的叙事形式也因此成了有意味的形式：小说第一章"长街"无疑是"快"的，是"加速"的，本章最后，李慢推销《北京餐馆指南》的行动与呼喊是那样的急促，那样的疯狂，以至让人产生窒息的感觉——这无疑是现代社会的一个绝妙的隐喻。然而到了第二章"唐漓"中，小说的叙述节奏却突然"慢"了下来，"慢"得舒缓，"慢"得忧伤，"慢"得别致……我们可以把这里的"慢"视为对第一章的"快"的缓解——小说形式层面上的，视为对第一章中的非正常生活的矫正——小说精神层面上的。然而，就在第二章最后两页中，小说却一反常态，在李慢和唐漓舒缓诗意的爱欲故事中，突然插入一段冰冷、激进、疯狂的文字，将小说的叙事速度推至极限，将小说主人公李慢推入"疯狂"之境——这似乎仍然是一个隐喻，隐喻现代社会中"慢"的奢侈，"慢"的不可能。为了缓解这短短千余字造成的极端的速度，小说第三章"医生"再次回归无边无际的"慢"之中，在这样的"慢"中，生命的意义再次浮现……小说中这种"快"与"慢"的交织产生了难以言表的叙事效果：使"快"的更"快"，"慢"的更"慢"；使"正常"的变得"反常"，使"反常"的变得"正常"；

使"现实"化为"幻象",使"幻象"化为"现实"……

在《天·藏》中,宁肯对艺术形式的操练,对叙事节奏的把握,对"慢"的表述,达到了炉火纯青的地步——在一部长达二十多万字的长篇小说中,作者不仅过滤了几乎所有故事性的文字,而且几乎过滤了所有叙述性的文字,而只留下大段大段的沉思和对话。尽管如此,作者似乎还嫌叙述不够"慢",又在小说中穿插了众多溢出的情节,甚至把学术论文中常用的"脚注"这一形式移植到小说中来,而且,细心的读者还会发现,越到小说后面,"脚注"越长,甚至成为独立的章节,使小说叙述更加枝蔓丛生……

至此,我们的讨论已经离开"形式",切入"内容",也就是说,作家之所以不断地放缓叙述节奏,不断地延宕小说情节,并非为形式而形式,而是有其深刻的艺术思考。用作家自己的话来说,写作《天·藏》的艺术旨归是为了呈现人的存在,而非为了讲述一个故事。实际上,这是贯穿宁肯长篇小说的共同主题,只不过在《天·藏》中,这一主题得到了更加淋漓的呈现。只有从这个角度出发,我们才能意识到小说结构的几组人物关系的多义性与丰富性:马丁格与其怀疑论哲学家父亲让弗朗西斯科·格维尔、与静思者王摩诘之间产生了一种静修与思辨的张力;在王摩诘与维格、与于右燕之间,形成了一种沉沦与上升的张力;在维格与王摩诘、与诗人、与登山教练、与母亲、与马丁格之间更是形成了多重张力——爱与欲、内与外、前世与今生、敞开与囚禁……不仅如此,就是在小说主人公自身之中,不也存在着多种张力?王摩诘是超越的,又是深陷的;是启示的,又是遮蔽的;是拯救的,又是迷失的……维格是传统的,又是现代的;是欲望的,又是纯美的;是世俗的,又是宗教的;是今生的,又是前世的……

在这种充满张力的关系中,在这种关系的交织中,存在的多元性逐渐摆脱现实的控制凸显出来,而人存在的多种可能性也因此得以摆脱物欲的控制凸显出来，生活也再次以开放的姿态呈现在人们面前。

　　这，正是我们这个时代匮乏的文学品质。

　　这，正是我们这个时代呼唤的文学品质。

（原载《文艺报》，2013 年 8 月 12 日 ）

重提：美的问题
——《三个三重奏》的现代意识及启示

　　一个相当长的时期以来，在阅读当下的长篇小说作品时，我总是有一种不满足感或不满意感。这种感觉就像雾霾一样，让我的阅读极其艰难滞涩。但这种感觉却又极其模糊，一时找不出原因，找不到方向。直到去年底，应朋友之邀，参加一个空间艺术展，看到展厅里那些空间感十足的展品，就像闪电划过夜空一样，心里猛然一亮——我找到了长期以来困扰自己阅读的这种不满足感或不满意感的原因了。那就是：我们当下的长篇小说太缺乏空间感了。一部十几万乃至几十万字的长篇小说，往往就那么平板地展开，而后又那么平板地结束。更有甚者，以为长篇小说之长就在于篇幅之长，因而把自己的写作当成了橡皮筋，拼命地往长里拉，往长里扯，而没有意识到，他们的小说已经被他们"拉扯"得那么单薄，那么脆弱，那么乏味，已经"命若游丝"了。换句话说就是，当前的好多长篇小说，如果从叙事架构和文本容量上来看，充其量不过是一部中篇小说。这似乎是当前长篇小说创作中普遍存在而又很少为人所察的问题。而且，由于这个问题的存在，使我们的长篇小说处于一种尴尬、暧昧的状态，尽管产量众多，叫好声也不少，但整体品质却鲜有提升，甚至有所倒退。略作深究，我们可以说，导致这一问题的原因，从小处看，在于作家叙事能力的缺失或不足；从大处看，则暗示着作家现代意识的缺失或不足。

如此看来，这绝非一个可以忽视的问题。在某种意义上，甚至可以说，正是这种现代意识的缺失或不足，成为我们的长篇小说向着新的高度腾跃的桎梏。不过，谈到这个问题，还需要对中国现当代文学史上的小说，尤其是长篇小说现代意识形成的"周期律"做一简单梳理。

尽管对中国来说，现代小说是伴随着新文化运动从欧美舶来的新品种，历史不是很长，没有像西方那样在较长的历史时段中经历充足的孕育与发育。但客观地讲，正如其诞生就是现代意识催生的结果一样，我们的小说从其诞生之日起，也反过来成为现代意识的催生物，在这一过程中，其对自身现代意识的追求也从未止息。重温现代文学史上那些优秀的小说作品，我们常常为这种现代意识所打动。不要说"新感觉派"小说的节奏和律动都带着声光电的现代感，就是那些充满乡村牧歌气息的小说，比如沈从文的《边城》，又何尝不是现代视野对乡土重新观察和想象的结果，因而，这样的作品，完全可以解读为一种别样的现代小说，而其呈现的乡土，在某种意义上，也已经脱离"自然"，而生发成为一种"现代空间"了。伴随着新中国的建立而发展起来的中国当代文学，更是着意于现代空间和现代意识的建构。这主要表现在现实主义这一文学理念的发展嬗变之中。在这一时期的许多小说，尤其是长篇小说中，我们发现许多作家往往致力于"再现"一个小村庄，而又通过这个小村庄"再现"更为宏阔的历史空间。这一艺术实践的得失另当别论，但回过头来看，许多这样的作品中，其空间感是那么的"真实"，那么的立体，那么的可感，以至其后的现代意识更是呼之欲出。这不能不说是一种"进化"。可以说，在他们笔下，村庄等传统的乡土空间已经彻底现代化了——这一时期，"乡土小说"这一概念为"农村题材小说"这一概念所取代，就是一个很好的注脚。然而，事物的两面性再次显现，在其发展之中，这种致力于"再现"的现实主义，在日益膨胀的现代理念驱动下也不断扩展自己的内涵和外延，并最终为其所累，步履维艰。因而，伴随着 20 世纪 80 年代中国社会大转折，中国当代文学也迎来了"新时期"，在度过了初期的困顿之后，开始向着新的现代意识进发。实事求是地讲，尽管现在研究界有将 20 世纪 80 年代历史化的冲动，并试图在这一过程中对这一时代做出深度反思，并出现了一些批评之声，但就文学整体而言，20 世纪 80 年代，以及继之而起的 20 世纪 90 年代，可谓中国当代文学的一个"黄金时代"，一个重要的表征就是文学的现代意识空前勃发，各种各样的思想探索，各种各样的文本实验，以狂飙突进的方式，此伏彼起，四面开花——"先锋小说"的出现，就是这一现象的一个明显例证。可以说，在这个时期，文学的现代意识得到了空前的激发，文学的形式感得到了空前的重视，文学的空间感也得到了空前的拓展——在这一历史时期，不仅一些传统现实主义的小说力作先后涌现，而且一些带着现代主义乃至后现代主义色彩的小说力作更是横空出世，因而，传统的"再现"式的小说空间与崭新的"表现"式的小说空间，乃至"碎片化"的小说空间，也迭次出现在读者面前，挑战着读者的神经，刺激着读者的心灵。更为重要的是，在虽然朦胧但却澎湃的时代情绪冲击下，一些兼具现代意识与历史意识的作家也在隐然成长，一些优秀的文学作品——长篇小说自然是其中不可或缺的存在——也渐次出现。说句实在话，在那个时候，许多人似乎真的看到文学的"春天"了——似乎这"春天"就在前边，就在不远处，触手可及。然而，悖谬感十足的是，令人困惑而又失望的是，大约 20 世纪 90 年代之后，这种创造的激情和现代意识却突然隐遁了，消失了，而且，在越来越烈的消费主义大潮下，在越来越收缩的思想空间下，在越来越枯萎的文学潮流下，在越来越固化的社会空间下，我们的文学创作，在现代意识的追求上，不仅陷入了裹足不前的状态，而且甚至日趋倒退。长此以往，许多作家的文体意识和叙事能力也日益退化。这种退化的一个后果，体现在长篇小说创作上，就是我们上面提到的空间的扁平化甚至线性化上，以至读到一部有空间感的小说，在今天，几乎成为奢望。

之所以反复提到这个问题，是因为笔者觉得中国小说现代意识自我形成的"周期律"在经历了 20 世纪 80 年代的理论哗变和 20 世纪 90 年代的艺术实验之后，到了升华的关键时刻。罗杰·加洛蒂在《论无边的现实主义》中谈毕加索的绘画时说毕加索"重新提出了美的问题，并且对一切习惯和制度提出了挑战"，而他"重新提出美的问题"的方式不是"绘画命运的颠倒"，而是"在超越前人最优秀的作品的同时，融合、保存和发展它们"，表现在艺术形式上，在任何一个行外人看，毕加索的画似乎比儿童的涂鸦之作"高明"不了多少，但实际上，它却是对此前所有绘画艺术的继承和超越，而儿童的绘画不过是对现存艺术形式的天真而又笨拙的模仿，因而，毕加索的绘画是一种新的"语言"，"一种未经科学技术的需要这个模子浇铸过的语言"。简言之，在笔者看来，在 20 世纪 90 年代，我们到了重提美的问题的关键时刻，到了继承和超越的关键时刻，到了创作"新语言"的关键时刻。可就是在这样的关键时刻，我们却戛然而止了。这不能不令人扼腕叹息。

幸运的是，这样的努力尽管稀少，却未绝迹，尤其是这一两年的长篇小说创作，更让我们看到这种现代意识苏醒和新生的可能。在这个方面，宁肯可能是最为执着的坚守者，也是最为坚定的实践者。我曾经在一篇文章中提到宁肯在现代小说语言、叙事节奏——这都是现代意识的载体——等方面的努力，而在《三个三重奏》中，我们又看到了这种努力的综合，看到了一种综合之后的卓异的现代小说空间。

在《三个三重奏》中，有一个非常有意思的情节。小说的叙事者"我"是一个极其有意思的人，他的活动空间似乎总是囚禁的，比如，他的书斋——一个小型的图书馆——设置就精巧而怪异。在这里，大大小小有十几个书架，其中十一个顶到天花板，所有的书架，呈环形摆放，"我"虽不残疾，但却常年"生存"在一架手摇轮椅上，有时蹲踞在书架中间，有时滑行在这环形的空间中，像一只蜘蛛一样。更为奇妙的是，在这个几乎封闭的环形空间中，"我"还设置了许多镜子，就连过道也没放过，以至于很多时候，"我可以在任何角度看到自己，太多的角度都有一个坐着的自己"。当然，在这样的空间里，"迷失"是自然的："我常常分不清哪些是镜子里的书，哪些是真实的书。有时我觉得自己走进了镜子好几天都出不来，并且看到许多个自己。"在这儿，我们或许还可以替作家加上一句话："我常常分不清哪些是镜子里的自己，哪些是真实的自己。"想象着这敞开与囚禁、丰富与单调、沉默与喧哗、上升与沉降、真实与虚幻等并置的概念彼此对立且彼此互文的存在，我们禁不住赞叹：这是一种怎样的空间啊！而实际上，这就是作家对自己建构的现代小说空间的一个绝妙隐喻。

在《三个三重奏》中，作者主要建构了两种空间，一个是相对封闭的空间，包括作者阅读与玄想的"图书馆"，一个是巽、谭一爻审讯居延泽的"艺术空间"，或许，还可以加上"我"曾经在里边观察了九个月的"死囚牢"和谭一爻曾经在其间短暂寄身死后又在那里"圆寂"的寺庙——这是作家为我们建构的第一组"书架"，前两者是直抵天花板的"大书架"，后两者则是作为参照物的"小书架"。再就是相对敞开的空间，包括杜远方、居延泽、李离藤蔓一样纠缠、生长于其间的兰陵王酒业集团，一个是杜远方与敏芬共同生活过一段时间的敏芬家，或许还可以加上敏芬所供职的学校，加上杜远方与云云"交流"的公共空间——这是作家为我们提供的第二组"书架"，前两者依然是直抵天花板的"大书架"，后两者依然是作为参照物的"小书架"。或许，还可以加上那些以支离破碎的方式出现的空间，比如"我"年轻时与朋友们第一次出门远行的"北戴河"，比如杜远方与李离发生深刻爱情的"大学校园"，比如黄子夫逼迫猥亵敏芬的"办公室"，比如杜远方和李离先后"启蒙"居延泽的豪华酒店包间……这些环形设置的"书架"，错落有致地摆放在一起，形成了一个有意味的"图书馆"。更为重要的是"镜子"——那些次第出现的"脚注"。尽管作家以不无幽默的方式"提醒"读者这些"脚注"无关大局，可读可不读，但实际上，情况或许正好相反，因为，这些"脚注"恰恰正是照亮那错落有致的"书架"从而照亮整个"图书馆"的"镜子"。当然，我们也可以说，这些镜子的作用不是"照亮"，而是"幻化"——让整个"图书馆"幻化。可实际上，在今天，有时候，或许"虚幻"更接近"真实"。无论如何，就小说而言，如果没有这些"镜子"的存在，没有它们放射出的或"真实"或"虚幻"的光，那些精心摆放的"书架"及由这些"书架"所构成的整个"图书馆"，可能逊色不少。

　　在作家精心建构下，小说的空间立体起来，其间的人物与故事也鲜活、生动起来，一些现代哲思也透过人物与故事浮现出来。而且，在这样的立体空间中，一种立体的阅读感也被释放出来。简单点儿说，在那些相对封闭的"书架"上，陈列的往往是相对"奥妙"的"书籍"。比如在书斋内，"我"所思考的，往往是生与死、上升与坠落、瞬间与永恒、真实与虚幻等充满哲思的问题。再比如在审讯居延泽的"艺术空间"内，呈现的主要是沉默与沉默的对峙，虚无与虚无的交流，最后，是死亡与死亡的对话。加上叙述视角频密而又微妙的转换，加上有意味的文字组合所释放出的朦胧的诗意气息，这样的篇章和段落，既是对情感的锻炼，更是对智慧的挑战。坦白地讲，没有相当的训练和耐心，对这样的文字所传达的丰富信息，很可能挂一漏万，甚至莫衷一是——即使有了相当的训练和耐心，我们又在怎样的程度上理解了这样的文字呢？而在那些相对开放的"书架"上，陈列的则是相对"通俗"的"书籍"。比如，杜远方与敏芬的故事，在很大的程度上，都类似一个通俗爱情故事——当然，带有传奇色彩。再比如，杜远方与居延泽与李离之间的故事，则是爱情与欲望、欲望与理想、权力与僭越、僭越与成长等因素交织在一起构成的一幕现代话剧——当然，我们后面还要提到，作家在里面埋伏了重要的时代信息和思想炸药。这样的故事，对任何读者而言，都是一种"愉悦"的体验，甚至是作家有意"降格以求"而生成的体验，就像许多通俗小说作家经常做的那样。不过事情并非这样简单，叙述也并非这样泾渭分明。在作家精心运筹下，这些"奥妙"的"书籍"与"通俗"的"书籍"被有机地"混搭"在一起了，因而产生了一种奇异的阅读感受。在这样的阅读中，在天空中飞翔的文字，有了俯瞰大地的意愿，而在地上爬行的文字，则又往往产生了飞升的感觉。那些"奥妙"的，在"通俗"的映照下，似乎也不那么"奥妙"了，而那些"通俗"的，在"奥妙"的映照下，似乎也不那么"通俗"了。在这样的交织、交流中，一种意义丛生的现代小说文本诞生了。小说的艺术空间再次得以延展。阅读中，为这种"枝节横生"的文本所吸引，笔者有时情不自禁地停下来，尝试着将不同的叙述空间分门别类加以切割、整理、重组后再进行阅读，以感受不同的经验。更多的时候，则在沉重的阅读中想象轻松的阅读，在轻松的阅读中想象沉重的阅读，流连忘返……

必须予以强调的是，作家之所以打造这样一种复合的文本，建构这样一种立体的空间，绝非为形式而形式——从某种意义上说，任何形式，如果脱离了所要表述的主体，越是完美，就越是失败。实际上，作家之所以以这种复杂的方式讲述，在相当程度上，是基于我们生存的现代世界的复杂性。我们今天的世界，早已不是一个澄明的世界，因而，任何澄明的叙述，很可能成为对世界的遮蔽。今天的世界，前进与后退、理想与堕落、文雅与粗俗、爱情与欲望、生与死，一切的一切，都以空前暧昧的方式伴生在一起了，很难以一种非此即彼的方式加以表述了，因而，或许只有在一种环形的叙事中，只有在不同的镜子的照耀中，只有在内外交织的观察中，只有在虚实并置的考量中，我们才能尽可能地避免"灯下黑"的缺憾，尽可能"真实"地呈现我们所寄身的世界，尽可能清楚地"说"出我们的所思所感。从这个角度看，作家对现代意识的追求是多么的执着，而他所奉献给我们的文本则又表明：这样的追求是多么的弥足珍贵，多么的有意义。

　　对这部小说的解读完全可以到此为止，然而，如果就此打住，可能是一个重大的失误。毋庸置疑，对当下世界的呈现，是作家努力的方向之一，可如果追根寻源，我们会发现，这目标背后还有一个更大的目标，那就是：回望20世纪80年代，反思20世纪80年代，凭悼20世纪80年代——曾以充满激情的方式形塑了今天的20世纪80年代。随着叙事的延伸，我们发现，作家手中的那些镜子，那些镜子的折光，越来越集中到一个点上，集中到居延泽的故事上，集中到杜远方的故事上——这是同一个故事的两个维度，而这个共同的故事，就是20世纪80年代，就是20世纪80年代的故事。我们发现，作家对这个形塑了一代人精神和情感的年代，充满了感伤与怀念。那个时代的热情，那个时代的浪漫，那个时代的勇敢，那个时代的开放，那个时代的诗意，那个时代的文明，犹如缤纷的花朵，在作家笔下热烈绽放。然而，隐伏在这种感伤与怀念之后的，是更为冷静、深刻的批判与反思。对杜远方而言，这批判与反思就是一个问题：他是怎样成为黑暗中的黑暗的？对居延泽而言，这批判与反思也是一个问题：他是怎样成为冰冷中的冰冷的？对 20 世纪 80 年代而言，这批判与反思还是一个问题：我们是怎样由光明而黑暗、由热烈而冰冷的？伴随着这个总问题，又衍生出一系列分问题：爱情怎么变成了欲望？浪漫怎么变成了粗俗？创造怎么变成了掠夺？开放怎么变成了保守？朴素怎么变成了奢华？文明怎么变成了野蛮？最后一个问题是：希望怎么变成了绝望，生怎么变成了死？！

这样的追问，才是真正具有现代意识和情怀的追问。

正是这种意识和情怀，逼迫着我们重提：美的问题。

随着这种问题意识逐渐合流，小说的叙述空间也渐次聚拢。到后来，尽管视角有别，但推动叙述的，其实都是居延泽，都是他的"供词"。然而，这不仅没有缩减小说的叙述空间，反而提升了小说的叙述空间，就像阔大而又交织的教堂往往需要一个灵魂飞升的穹顶一样，居延泽的"供词"就是完美收束小说现代空间的"穹顶"。随着这"穹顶"越来越高，以至合拢，死亡到来：杜远方的死，居延泽的死，谭一爻的死……随着死亡，我们听到了灵魂飞升的声音，而在这飞升中，我们似乎又听到一种巨大的坠落声，一个时代坠落的声音！这飞升与坠落交织的声音，似乎告诉我们，一个超越的时刻就要来了。无论是在现实的世界上，还是在艺术的世界上，这样的超越都是星火。

而，《三个三重奏》，是刺痛我们眼睛的第一支星火！

（原载《南方文坛》，2014 年第 5 期）

这些年，那些人
—— 为蓝石《那么那么遥远的青春》而作

　　最近这段时间，因为有事，几次回老家，跟高中时的朋友见了见面。大家在一起，难免"昨日重现"，回忆在一起学习的日子。但谈着谈着，不知不觉间，话题却转移到"忆苦思甜"上去了，大家回忆起来的，都是些"苦日子"：一起在风沙扑面的操场上吃饭的日子，一起吃"菜里没有一滴油"的饭的日子，一起逃课被老师批评的日子，一起跟人打架追赶别人或被别人追赶的日子……说着说着，有哥们竟然动了感情，落下了泪水——这可是一群年近不惑的"老家伙"了啊！

　　也许是因为这泪水洗涤了岁月灰尘的缘故吧，这段时间，我脑子里浮动的，总是那些老同学的面影，浮动着他们彼时的样子，浮动着他们此时的生活，对眼前熙来攘往的人与事，反而记不住或不愿记。

　　就是在这样的心境中，我读到了蓝石的新作《那么那么遥远的青春》。也许是心境的原因吧，我一下子就被这小说吸引住了。一整天，什么也不想做，除了吃饭，就是读这小说。读完了，还是什么也不想做，就是吃饭的时候，也在想这小说，想小说里的人，想小说里的事。

这部小说，也是"昨日重现"，是作家蓝石对中学岁月——20世纪80年代初期东北地区一种社会生活的一个缩影——的文学再现。但这部小说讲述的，却不是我在上面拉拉杂杂地谈到的那些"小儿科"的故事，而是一群孩子——初中生不是孩子又是什么呢？——的"残酷青春"，是一群孩子在"残酷青春"中对情义的追求与坚守，以及他们在这追求与坚守中付出的"惨重"代价——青春的代价！

小说的主人公之一是少年楚光。

这是一个有着"双重性格"的孩子：一方面，他怯懦寡言，任人欺侮，他甚至害怕光亮，或者说喜欢黑暗，喜欢躲在柜子里胡思乱想；另一方面，他的内心中，又时时萌动着青春的冲动——他想做一个"英雄"，尤其是当他一个人躲在柜子中时，黑暗中，在他眼前浮现的，都是他的"英雄故事"，打打杀杀，英勇无畏，所向披靡……大概就是这双重性格的原因吧，让他在班上沉默寡言，不为人关注，而是把更多的精力放在了篮球场上，成了篮球场上无所不能的"篮球小子"。

一个偶然的变故，让楚光转变了"形象"：在新同学陈彬鼓动下，少年时学过武术的楚光打败了班上的"小霸王"邹记，一战成名。然而，这不但没有改变他的"双重人格"，反而让他陷入更深的"精神分裂"之中：在陈彬"教导"下，他跟社会上的问题青年三连长们走到了一起，跟他们学会了喝酒，跟他们学会了打架，跟他们学会了赌博，甚至跟他们学会了在那时看来最为大逆不道的事情——跳舞。然而，从内心里，他却不愿意过这种生活，他还是喜欢安静地学习，喜欢在篮球场上奔跑，尤其是喜欢安安静静地爱上、爱着一个女孩儿。

然而，他却不能，或者说，无能为力。

在楚光的"精神分裂"中，小说"真正"的主人公臧玲出场了。

臧玲也是楚光的新同学，是一位聪明、伶俐、上进的好学生，更是一位美丽、正气、倔强的好女孩。楚光悄悄地喜欢上了她，她对楚光也充满好感。但一次意外，却扭曲了这悄悄萌生的美丽情感：在班主任张老师调侃、羞辱、欺压自己的同桌张芹时，臧玲挺身而出，直言辩驳，得罪了张老师，被张老师"打入另册"，而臧玲为了保持自己的"独立人格"，即使张老师一再施压，依然我行我素……楚光企图"和稀泥"，让臧玲向张老师道歉，以求得张老师的"谅解"。楚光的懦弱，让臧玲很是瞧不起，两人也渐行渐远。在"问题青年"三连长一再"追求"下，臧玲成了他的女朋友。怀孕之后，又被三连长羞辱、抛弃，这让张老师更加鄙视臧玲……在各种各样的"合力"作用下，臧玲越来越"特立独行"，最后，绝望的她用菜刀砍伤了张老师……

臧玲的悲情遭遇，刺激着楚光：刺激着他成长，刺激着他摆脱陈彬的控制，甚至在反抗陈彬对臧玲的欺辱时，将其甩入湖中淹死；刺激着他设计，帮警察抓住了逃窜在外的三连长；刺激着他摆脱父母家人的控制，在中考时，自作主张，选择了可以奔波四方的地质学校……

看得出来，蓝石在臧玲这个人物身上倾注了巨大的情感，以至于让她成为小说主人公楚光成长的"催化剂"，也让我们在目睹了她的悲情遭遇后，为这朵闪亮的青春之花的早早凋零感伤不已，叹息不已。我们自然无法在作家蓝石和小说叙述人楚光之间画上一个简单的等号，但客观地说，在楚光身上，闪烁着作家关于童年往事的光泽；在臧玲身上，也闪烁着作家关于青春、关于友谊、关于爱情的理想光泽。随着岁月流逝，这光泽越来越明亮，越来越让作家不能自已，因而，写下了这篇成长小说，记下了这段残酷青春，刻画了这个闪着光泽的人物。在这个意义上，我们可以说，这是作家蓝石对往事的青春追忆。这为被商业气息包围的"青春故事"留下了一幅独特的青春风景，留下了一段别样的青春记忆，留下了一个锐利的青春形象——臧玲！

这固然是这部小说的一个重要维度，然而，这部小说的意义却绝不止于此，换句话说就是，这部小说的意义，绝非青春小说所能涵盖。

这部小说里边，蕴含着作家对时代的不同理解。

这部小说之所以打动人心，除了对残酷青春的无边追忆外，还蕴含着对"故人"的深切祝福——对"故人"今日生活的深切祝福。或者说，正是由于这深切的祝福感，才使得作家蓝石的追忆纯粹而又迷人，让我们忘记了小说是"虚构的艺术"，情不自禁地追问：这些年，那些人——臧玲、楚光、张芹……这些昔日的"青葱少年"活得怎样？他们还纯粹吗？他们还锐利吗？他们还叛逆吗？他们还"青春"吗？

在这一系列的问号中，其实隐藏着小说的"潜文本"，也就是说，蕴含着作家蓝石对时代的"潜评价"：在用"这些年"来表达对"那些人"的无边追忆时，作家又何尝不是用"那些人"来表达对"这些年"的无尽看法呢？又何尝不是作家对昔日那种闪亮的"青春气质"在高度物质化、功利化的今天的迷失的无边感慨和无尽感伤呢？

或许，正是由于这个原因，作家蓝石那"那么那么遥远的青春"才那么那么的切近，在他眼前，在他心中，一直闪现，一直逼视。

或许，正是由于这个原因，作家蓝石才满怀深情地把他那"那么那么遥远的青春"奉献给我们，放到我们眼前，放入我们心中。

或许，正是由于这个原因，小说才具有了令人过目难忘的质感。

（原载《中国文化报》，2013 年 9 月 30 日）

草原上的额吉
——为冯秋子散文集《塞上》而作

草原。额吉。草原上的额吉。

这是读完冯秋子女士的散文集《塞上》后，我下意识地在电脑上打出的几个词。说实话，阅读这本包蕴万千的书时，我的心里同样思绪万千，不同的词语，不同的句子，不同的段落，像流水一样在心里翻滚，像白云一样在脑中游荡。可那时候，在这些翻滚、游荡的词语中，却从来没有"草原"，没有"额吉"，更没有"草原上的额吉"。那么，为什么读完这本书的最后一个字后，这些词语却不请自来？带着点儿倔强，带着点儿执着，甚至带着点儿粗暴——强制我接受"她们"。

这倒真的是一个问题。

那么，到底为什么呢？

或许，这源于一次内蒙古草原的游历？源于由这游历带来的忧虑？

由于文学的影响，草原一直是我心向往之地，但由于机缘不到，始终未能成行，直到2010年，受朋友之邀，才有了一次"印象深刻"的草原之行。说"印象深刻"，是因为我看到的已经不是诗上的草原，不是歌中的草原，不是文学的草原，或者说，我看到的，已经不是生长诗、生长歌、生长文学的草原了——那样的草原，已经渐行渐远。

那印象，依然深刻。

记得在飞机上，当播音员播报已经到达草原上空时，我就紧靠着舷窗，鸟瞰大地。当飞机降落，流云飞逝，大地凸显，我以为我将看到如天空一样宽广的草原，看到无垠的绿色，肆虐的绿色。但我失望了，侵入我眼睛的，是一片苍茫的裸土，是一片灰黄的沙地。当我把自己的困惑告诉迎接的朋友时，他有些尴尬地向我解释，说这些年草原退化得厉害。其实，哪里用得着他解释呢？从电视上、报纸上、网络上，不是经常能看到类似的信息吗？只是，我没有想到，这退化竟然如此迅疾，如此彻底，如此赤裸，如此出人意料。于是，几天中，我常提起这话题。大概是我的唠叨"打动"了朋友，他不得不改变行程，在我离开前一天，特意找了一辆越野车，带我去看"草原"。然而，又是失望，更深的失望。我记得，当穿越百里，抵达那片当地最大的"草原"时，我也欢呼了，也大笑了，也奔跑了，也翻滚了。然而，我的心却为更深的忧虑乃至恐惧所攫取。因为，那草原太瘦了，给人弱不禁风的感觉，给人转瞬即逝的感觉，给人生离死别的感觉。

于是，在告别的晚上，借着酒的力量，我红着脸，不停地追问草原上的作家朋友们——追问他们为什么总是写一些不痛不痒的故事，这样的故事，在草原以外的地方也是一抓一大把，没有什么意思啊；追问他们为什么不写写草原，不写写草原的过去，写写草原的现在，写写草原的未来；追问他们为什么不写写草原的繁茂，哪怕写写草原的"退化"也是好的呀；追问他们为什么不写写草原上的牛羊，不写写草原上的骏马，不写写草原上的女儿，不写写草原上的男子；追问他们为什么不写写草原上的歌声，不写写草原上的笑声，不写写草原上的哭声；追问他们，为什么不写写啊，为什么不写写草原上的额吉啊。

也许是我的"十万个为什么"太过直白，太过粗鲁，太过无礼，朋友们都不回答我，只是用一杯杯的酒封堵我的嘴巴，用一阵阵的歌唱稀释我的追问。可我固执己见。因为我知道，这样的追问绝非多余。因为，这不仅是一个风景的问题，一个风情的问题，一个风物的问题，而是一个关乎文化的问题，一个关乎文明的问题。我们知道，草原上不仅生长青草，不仅生长鲜花，不仅生长牛羊，不仅生长骏马，不仅生长有情的女子，不仅生长俊朗的男子，"她"还生长诗歌，生长文化，生长文明。不夸张地说，草原这片"绿风土"所提供的"绿文明"是中华文明最为重要的组成板块之一，是中国人情感和精神最为重要的滋养之一，其意义绝对重大。然而，随着这"绿风土"的消失，我们会不会失去这"绿文明"？随着这"绿文明"的消失，我们会不会失去我们的情感之一种，精神之一种？我们会不会失去我们的额吉？——这地母般的额吉，可是草原文明最为重要的依托啊，没有之一。

这才是我连珠炮般追问的根源之所在。我想，朋友们清楚我发问的根源所在。或许，他们的忧虑比我更为深重。或许，这忧虑时刻都在啮咬着他们的心。如此深重的忧虑，如此沉痛的思想，三言两语怎么能说得清呢？于是，他们只好用烈酒掩盖无语，用沉默抵挡追问。

是啊，这样的忧虑是需要一本书、几本书、很多书才能回答的。

冯秋子女士的《塞上》，就是一本这样的书吧？！

作为"草原的女儿"，作为优秀的散文家，她肯定比我这样的外来者更能体会到这"绿风土"的价值，更能体会到其退化的残酷。我想，也许她早就被这种残酷的退化刺痛了眼睛，刺痛了心灵。我想，这种疼痛感和忧虑，就是刺激她写下这些文字的一个重要动因吧？要不，她怎么为这本书起了一个如此苍凉的名字？——

重建当代中国文学想象

"塞上"，这个充满历史感的词汇或许是"草原"最相得益彰的称谓，可现在，这片曾经的"绿风土"，还配得上这个庄重的名字吗？因而，在这个书名中，就蕴含了无尽的沧桑与无奈，蕴含了无尽的回望与凭吊。要不，她怎么把那些精灵般的文字铸造成了一片片闪亮的犁铧，带着一往无前的勇气和狠劲，深深地插入记忆的厚土之中，将它们一一翻出来，让人们看到，这"绿风土"是怎样一步步退化成"沙尘暴"的：在往昔的革命年代，为了一种遥远的理想，人们想把草原变成良田，可是，在"毁草造田"之后，不仅没有得到良田，连草原也受伤了——在《白音布朗山》中，这样的荒唐事历历在目；在当下的经济时代，人们为了获取金钱，要么将草原开肠破肚以攫取矿产，要么将草原搜刮得一毛不存以攫取地毛——在《荒原》中，这样的现世报历历在目。

比自然的退化更为严重的是人的退化，是心灵的退化、人性的退化，甚至是物种的退化。这样的退化，也如遍地沙尘，历历在目。那些带着血肉、带着伤害、带着死亡的暴力和苦难，令人触目惊心。然而，让人同样触目惊心的，还有那种无声的退化，那种熟视无睹的退化——一切退化，不正是在多数人看不见的时候就改变了天地吗？在《丢失的草地》中，有一个寓意深刻的细节：1999年7月，"我"带着儿子去河北丰宁坝上草原，在那里的篝火晚会上碰到了内蒙古正蓝旗乌兰牧骑的"散兵游勇"的包场演出，唱《青藏高原》的姑娘，"嗓音条件比李娜天然、宽厚，颤音悠远"，但那个姑娘"把歌仅当作声音发出，当成别人的，而不是自己的声音，还给别人"。让"我"感到失落的是，"一定的，她一出生，就坐进身体里一种长草的土地，若按正常情况发展下去，会日益地丰腴，日益地壮大，一生一世，再一生一世，轮回成长"，但一段时间以来，"她忽略了自己的草地，她的心早已脱落得远远的"，以至于她唱出的歌"像流泻出来的冷空气一样，在听众心里一下、一下地冲撞，直至冷却"。作者满怀伤感地总结道："她的心和声音剥离了，不相关联了。"① 这种看似应景的演出，在作者看来，无异于一场悲剧。的确，当心与草原、与声音剥离，怎么能不是悲剧呢？别忘了，这可是天生神曲之地。可在这样的地方，竟然出现了那么虚假的声音——与灵魂分离的声音。软刀子杀人不觉死。这与灵魂分离的歌声，就是"软刀子"磨割的结果。从这个意义上看，我们的确已经"丢失"了"草地"——在灵魂中。

《草原上的农民》，作者的本意，也许是想追寻草原沙化的原因，追寻农民搂地毛的动因，追寻草原贫瘠的本因，然而，作者却在这自然的历程中为我们活画出了一幅草原农民精神退化的凄凉图景。如果从这个角度看，这就不仅是一篇难得的好散文，更是一篇难得的好小说——今天，通过客观、冷静的叙述活画人物精神图景的小说太少了。不用更多的转述，只要告诉你，文章的主人公郭四清原本是一个不怕死、不惜命的"二不愣"，可经过十七八年搂地毛生涯的折磨，他身上不仅再也没有那种粗粝的生气，心中再也没有那浩荡的血气，甚至连生存之力也消失殆尽——留给我们的，几乎就是一架骨肉的躯壳。想一想，如果连本能也已退化殆尽，那将是怎样的悲剧？说实话，读完这篇文章，关于郭四清，我想到了一个文学形象——鲁迅先生笔下的闰土，老年闰土。毋庸讳言，郭四清就是一个现代闰土，草原闰土。

面对这自然的退化，精神的退化，物种的退化，再硬的心也会战栗不已，以至长歌当哭，更何况敏感的"草原的女儿"呢。然而，这悲伤，这恐惧，这忧思，只是推动作者写作《塞上》的动力之一，而且，很可能还是次要的动力。实际上，促使作者抉心自食，将这肉身之痛、精神之痛、文明之痛一一拣择、晾晒出来的，很可能是

---

① 冯秋子：《塞上》，浙江文艺出版社，2014 年 4 月第 1 版，第 190 页。

一种希望的力量，一种吁请的力量——一种反抗绝望的力量。正是这种力量，使这本书散发出一种别样的气息，一种别样的魅力。作者在文章里说"母亲是这个家庭里凝聚了太阳和月亮气息的孩子"，阅读中，我常常觉得《塞上》正如作者的"母亲"，也是一个"凝聚了太阳和月亮气息的孩子"。我常常疑惑，这么坚硬、这么犀利、这么苍茫、这么阔达的文字，怎么可能出自一位女士之手呢？可仔细想想，又觉得这样的文字只能出自像冯秋子这样的女士之手——只有她们才能在心灵中将高山和河流融汇为一体，只有她们才能在心灵中将太阳和月亮运行在一起，只有她们才能在心灵中将爱和恨纠结成歌，只有她们，只有她们才能在绝望中发出执拗的反击之声——不死的希望的声音。

这声音洋溢在全书的字里行间，但最根本的呼声，最终极的呼声，却激荡在本书的压轴之作——《想念》——之中。

之所以这样说，是因为这是一篇历时十年才完成的涅槃之书。十年间，作者不停地清洗自己的心灵和文字——在泪水里洗三遍，在碱水里洗三遍，最后，再在清水里洗三遍。对作者而言，这已经不是单纯的书写了，而是一种仪轨，一种心灵的仪轨、信仰的仪轨。之所以这样，是因为作者在文字中立下了一个意念，一种心力。那就是：清洁文字，涤荡沙尘，让我们看到草原，看到母亲，看到草原上的额吉。

这重大的精神行旅，是从对自己家族情感、精神脉络的梳理开始的，是从对自己亲人，尤其是母亲的确认开始的，但事情的终点却远远超越家族、超越自我，因为，就是在这过程中，作者给了我们一个永远的母亲形象。这母亲形象，是继张承志的"额吉"之后，最为慈忍的草原母亲。这已经不是个人的母亲了，而是我们共同的"母亲"——包蕴苦难、化生希望的地母。"母亲"遭受了多少苦难啊。不说风雨加给她的，不说劳作加给她的，不说饥饿加给她的，单单挖"内人党"这一极端事件加给她的，就够受的了。可"严寒"过后，她竟又像回春的草原一样，慢慢苏醒过来，再次将自己的爱与热源源不断地输送给儿女，输送给亲友，输送给他人。多年之后，她竟对自己的女儿说自己从没有恨过一个人。这是怎样宽厚的心胸，怎样慈悲的情怀？以至"我"被"打蒙了"，虽心有保留，却仍将母亲命名为"凝聚了太阳和月亮气息的孩子"，并为这"孩子"写下了这样的文字："伤害过她的人和事，都埋进岁月的泥土里，由它们自己发酵、变异、重植，经历风雨，但愿有力气滋养那些栽种进土地里的种子，到冰雪融化、大雁返回时，开出新的花朵，到秋天结出新的果实。而她心里，存有一条溪流，是一条支流的支流，一条小水汊吧，水流和缓，但总在流淌。她能听见水流带着脆生生的响动穿过四季。在某个时间段里，她运载她的思念。在另一个时段里，她运载她的行动。"① 在这样的文字中，我们看到，草原上的额吉，中国的地母，忍辱负重，历劫不死，为草原，为大地，为人心，带来新生，带来绿色，带来希望……

在这样的文字中，我们看到，作者不仅实现了对"母亲"的确认，而且实现了对自我的确认——在"母亲"成长的同时，"我"也一同成长："我"不仅继承了母亲的慈忍和宽厚（那个持续不断地给母亲买糖的细节，那个希望给母亲、给他人以甜蜜的细节，是一个很美的意象），而且还在岁月中孕育了新的品格（我对恨的确认和提升，是对慈忍的一种复杂的继承）。还是直说吧：我们看到两个额吉在生长，一大一小，循环往复，就像太阳和月亮一样，分别照亮白天和黑夜。

这是多么幸福的确认呀。因为：

有太阳和月亮在，就有希望在。

（原载《南方文坛》，2015 年第 5 期）

---

① 冯秋子：《塞上》，浙江文艺出版社，2014 年 4 月第 1 版，第 259 页。

我们靠什么与世界相连

——储福金《黑白（白之篇）》的大音希声

我们这个时代的主要气质或者说症候，可以用福克纳的一部小说名之，那就是：喧哗与骚动。而且，这种气质或症候是如此的"深入人心"，以至于我们不仅在现实中时时为其所缠绕，而且就是在"超现实"——我说的是文学——中也往往为其所裹挟，不得解脱。换个说法就是，由于我们这个时代是如此的浮躁，以致本应为其提供消音器与降噪剂的文学也为其所同化，降格成为"杂音"的制造者。从这个意义上看，储福金的长篇小说新作《黑白（白之篇）》可谓一部超越之书、升华之书、特异之书。因为，这是一部超级"安静"的小说。

在这里，"安静"并非无声，而是相对于时代的"噪音"和文学的"杂音"，作家却发出了一种别样的声音，一种需要仔细谛听才能领悟其深意的声音，也就是说，这里的"安静"是大音希声的意思。

正是这种"安静"，这种大音希声，让这部小说显得卓然不群。

这部二十余万字的小说，容量相当大，几乎纵贯了从建国到现在几十年的时光，如果考虑到这部小说的展开在相当程度上是以陶羊子的生涯为经纬的话，那么其"前传"《黑白》自然就是其根

基，因而，我们可以说，这部小说纵贯了自近代到今天一百多年的
时光。这一百多年，是中国上下求索的"百年"，是中国颠踬前行
的"百年"，是中国革命求生的"百年"，是中国改革求富的"百
年"……这"百年"之中，中国发生了多少惊天动地的事件，上演
了多少惊神泣鬼的故事，如果铺陈开来，将是一幅多么浩瀚的画
卷，画卷中充溢着怎样繁复的色彩。事实上，许多人就是这么铺陈
的，只是多数铺陈不那么成功甚至有些拙劣，以致我们的书写中充
满了令人避之不及的杂色与杂音。

　　储福金反其道而行，不仅没有正面铺陈历史，反而将历史浓
缩到经纬交织的棋盘上，浓缩到黑白相生的棋子上，使历史在"对
弈"中得以净化，得以纯粹，得以"安静"。仅就《黑白（白之篇）》
而言，小说就写到了红色狂飙的"文革"年代，写到了理想退潮的
知青年代，写到了市场潮涌的改革年代，写到了欲望恣肆的消费
年代。这每一个年代，都绝非拘泥于琐屑细事的"小时代"，而是
意义深远的"大时代"。然而，作家对这些"大时代"的处理却是
那么的轻描淡写、不动声色：作家对"文革"年代的描写，似乎是
陶羊子不经意间做的南柯一梦，尽管这梦中漂浮着血色；作者对知
青年代的描写，似乎就是彭行为了下棋而"在路上"的故事，最惊
险的情节也不过是彭行因棋生恨，凳击查淡；作者对改革年代的描
写，似乎不过是"杨柳"——杨莲与柳倩倩———一场风花雪月的事；
作者对物欲横流的消费年代的描写，似乎更加微末，似乎不过就是
小君顽童般的行止及其出人意表的围棋之路。

　　这样的描写真的是过于平静，甚至过于平淡了，然而，如果认
真倾听，我们却发现这平静背后别有深味：此时无声胜有声。实际
上，作家通过对陶羊子、彭行、"杨柳"、小君这一脉相承的四代棋
手似乎波澜不惊的生活的呈现，不仅生动地再现了这四个时代，而
且还微妙地再现了这四个时代的不同，最终，在这四个时代之间画

出了一幅物质上升、精神下行的坐标图：陶羊子的"文革"经历，虽然看似南柯一梦，可这却是一个血色的梦，更重要的是，在这个梦中，陶羊子的精神偶像——天人般的梅若云——也屈膝于暴力之下，这意味着，一种超越的类似于信仰的东西崩塌了，但就是在这崩塌的图景中，我们又看到在日常生活中时时退却的陶羊子却在如风的抽打中岿然站立，这告诉我们，在整体的崩溃中，其实还是有一脉精神的微火在燃烧，在坚持。

彭行的经历，说得乐观点儿是"在路上"的故事，说得悲观点儿，则是无家可归或者有家不能归的故事，其间的艰难窘迫由此可见一斑，但彭行毕竟是距陶羊子这精神微火最近的人，是经历了知青时代磨砺的人，这使他能够拳打脚踢，于这艰难中闯出一条生路来，而且无论其人生之路还是围棋之路，也因此而多了一种粗朴、坚韧的底色。

分水岭在"杨柳"这一代身上。初看觉得奇怪：为什么写到20 世纪 80 年代，小说主人公突然变成了杨莲与柳倩倩这一对女棋手？然而，细细思量，却又觉得这一转换是如此的自然：20 世纪80 年代的中国，又有什么能比两位女孩的情感历程更有象征性呢？更加关键的是，杨莲和柳倩倩表面上看起来是两个人，可在本质上，她们却是"一个人"，她们是同一事物的两个不同的面向——杨莲是"情"的化身，而柳倩倩则是"欲"的化身，因而"杨柳"的生活经历实则象征了20 世纪 80 年代以来中国在情与欲、理想与现实、物质与精神之间的纠结与转向。当杨莲像一支蜡炬一样不管不顾地挥发完自己的情爱之光华年早逝，我们在感慨"问世间情为何物，直教人生死相许"之余，突然觉得"杨柳"所生活的年代已然光彩不再，浪漫不再，诗意不再，而只留下柳倩倩在黑暗中迷茫着，挣扎着。是的，在一个爱情已死的时代，怎么可能有光彩、浪漫和诗意呢？杨莲辞世之后，柳倩倩再也找不到爱的感觉，情场失意，但却事业有成的经历因此成为一个有意味的注脚。

最终的"收获"是小君，一个以效益为美的天才少年棋手。作家对这个人物的处理看似太过随意，实则大有深意，我们甚至可以说，在这部小说中，少了这个"小字辈"，不仅彭行、"杨柳"等"老字辈"将失色不少，就是陶羊子这个"老前辈"，形象也不再完美。之所以这样说，是因为只有在这一老一少的隔代"手谈"中，所有的人物才得以找到自己的安身立命之所，而时代的对话也才得以展开并完成。理解这一切的秘密，在小君的"怪病"与"怪癖"上：小君是一个皮肉极其敏感极其怕疼的人，不用说坐久了，就是稍微粗糙点儿的布擦拭其皮肤，他也会疼痛难忍，考虑到这个因素，我们就可以想象往往一坐就是半天的围棋比赛对他的折磨之甚。再考虑到他父母下岗工人的身份，考虑到母亲抛家舍业陪他学棋的艰难，我们也就可以理解为什么不能挣钱的比赛他往往心不在焉，而一旦能挣钱的比赛，他又是那么的专心致志，也就可以理解从他口中说出"效益就是美"这样的话是多么的自然了。说到底，他生活的就是一个物质决定一切的时代啊。在这样的时代，为了"效益"，怎样的"疼痛"都可以克服，实在克服不了的，就想尽一切办法"屏蔽"——计星月（多么有意思的名字啊）在儿子耳边的絮语，就是在发出无条件"屏蔽"的信号。

行文至此，水落石出：陶羊子代表精神高蹈的一端，小君代表物质当道的一端，在这两个极端中间是彭行、"杨柳"这些"历史中间物"，由此，我们如何从过去"进化"到今天也自然显现，而在这"进化"过程中，每个人物的历史意义也得以在与他人的对话中丰满起来。

然而，这还不是这部"安静"的小说背后的"大音希声"。

实际上，作家之所以采用"断代"的方式再现陶羊子、彭行、"杨柳"、小君这一脉相承的四代棋手迥然有异的围棋之路、人生之路，从而以人显世，烛照出他们分别立身的四个时代的不同，并最终勾勒出百年以来中国所经历的一条物质上升、精神下行的社会

"心电图",是为了提出这样一个问题:生存之上,我们靠什么与世界紧密相连?

这个问题,才是这部"安静"的小说发出的"大音希声"。这个类似终极思考的问题,其实就是这部小说的"眼"。这个"眼",就是袁青不依不饶的追问——袁青是陶羊子少年时代的棋友,因为痴迷围棋,在中日终有一战的大势下,这位"棋痴"依然去国,东渡棋力更强的日本,经过多年打拼,终于成为雄冠日本围棋界多年的一代传奇。多年以后,陶羊子的"徒子徒孙"彭行、"杨柳"访问日本,袁青在会见他们时问彭行说:"你师傅是棋与文化连着的,连着五千年的文化传统,他有这个文化的底子,在棋上表现。你呢?"① 这个问题也同样提给了"杨柳"——事实上,也提给了"缺席的在场者"小君。他们对这个问题的回答,也各不相同:关于陶羊子的棋与什么连着,袁青与彭行等心有戚戚,那就是"文化","五千年的文化传统";对于自己的棋与什么连着,彭行的回答是"生存";杨莲代表"杨柳"的回答是"情感";而"缺席的在场者"小君后来回答记者"什么是围棋的美"时,"效益就是美"的干脆回答,也可看作是对袁青的回答。

听到这种判然有别的回答,令人有今夕何夕之感,不胜感慨。

通读《黑白》,我们发现陶羊子固然天赋异禀,固然较早接受了传统文化的熏陶,他下围棋也确实出自天然,较少功利,但毋庸置疑的是,他的棋多数时候也是与"生存"连着的,他只是在经历了"九天之上"与"九地之下"的生存翻转之后,尤其是在经历了南京大屠杀的人间地狱折磨与烂柯山巅的山河点化之后,棋境与心境才超越"生存",抵达化境,也就是说,抵达袁青口中的"文化"、"传统文化"。细读《黑白》及《黑白(白之篇)》,我们发现,

① 储福金:《黑白(白之篇)》,载《江南》2014年第3期,第168页。

支撑陶羊子棋与人的"文化"中既有老庄的无为之道，也有佛教文化空无的因子，还依稀有儒家文化的担当意识，内容比较博多，一概以"传统文化"名之虽不无意蕴，但阐释时却略显宽泛，不那么准确，因而笔者讨巧，以"软道理"命名支撑陶羊子棋道与人生的"传统文化"，也就是说，陶羊子是在经历了无尽的折磨之后，才在"生存"这个"硬道理"之上找到了文化或精神这个"软道理"，也正是因了这个"软道理"的依托，他的棋才摆脱了黑与白的分野，达到黑白相生的化境，而他的人生也才可既具拈花微笑的沉静之相，也具金刚怒目之神——当南京在日本侵略者的魔爪与屠刀下变成一座死城之时，在日常生活中一再退却的陶羊子，已经撤离南京这座死城的陶羊子，为了找全妻子与朋友被日本飞机炸成碎片的尸骸，却又孤身犯险，重返南京，虽千万人而吾往矣，其勇气非常人所能及；"文革"中，当无数人在暴力下匍匐委顿，他却无声地昂首挺立，虽千万人而吾往矣，其勇气亦非常人所能及。我们可以说，正是这"软道理"成就了他金刚怒目般的行止，当然，更使他"君子固穷"，在漫长的岁月中，安然度日，淡然对棋。

与师傅陶羊子相比，彭行的"境界"就不那么卓然了。他的棋就是"生存"，或者说，他就是靠"生存"与世界相连的。然而，就像上文提到过的，彭行毕竟是靠陶羊子最近的人，也是经历理想主义洗礼——有时候，溃败是最好的洗礼——的人，因而，在他心中和棋上，还是有着一些"文化"的回光的，即在彭行那里，在"生存"的"硬道理"之上，还笼罩着"软道理"的微光。不过，在看到这一点时，我们必须看到，彭行所处的是一个"传统文化"和理想主义双重溃退的时代，来源于陶羊子的那点回光已然十分稀薄，因而，我们可以说，在他那里，物质上升与精神下行的行动已经发端，而且以令人意想不到的方式和速度突进着，其结果，必然是令人纠结的"杨柳"故事。

　　与文化、信仰等相比，情感虽发乎本能乃至本心，但却更加飘忽、脆弱，不易持久，因而，"杨柳"通过"情感"使棋与世界相连，其稳定性自然不能与陶羊子相比，即使与彭行相比，也是等而下之。正是由于这个原因，我们看到"杨柳"，尤其是柳倩倩的围棋之路是那么的一波三折，萍踪不定，当情感充沛时，她们可以过关斩将，无往而不胜，而一旦情感受阻，则往往遭遇滑铁卢，败得一塌糊涂。柳倩倩如此，即使情感的精灵杨莲，其围棋之路、人生之路又是何其的脆弱啊——每遇重要赛事，她就要把自己关到诸如衣柜这样逼仄的封闭空间中去以求清醒或冷静，不用说跟陶羊子的神游物外相比，就是跟彭行的朴拙、刚劲相比，这随情感而来的棋力与心力也是那么的脆弱。由此，我们可以理解她的华年早逝，可以理解这样虽然美丽但却脆弱的情感退却后留给我们的将是一幅怎样苍凉无奈的图景，可以理解这样的情感退却之后，欲望与利益必然随之凸显——柳倩倩情场失意、商场得意的人生遭际就是一个有力的征兆，而"杨柳"的故事也告诉我们：她们所立身的 20 世纪八九十年代的浪漫、诗意背后，其实是极其骨感乃至坚硬的计算或算计，因而，她们的得意弟子小君以效益为美再也自然不过——什么样的藤结什么样的瓜儿，这是"自然规律"。

　　尽管如此，小君的表现还是令我们诧异：在什么样的情况下，一个"人"，一个活生生的"人"，一个有血有肉的"人"，才能以效益——说白了，就是金钱——为"美"，而且，为了实现这样的"美"，能够不惜一切代价，甚至连肉身的疼痛也可以在所不惜——皮肤那么柔嫩，甚至抚摸一下都疼痛不已的小君，为了实现这样的"美"，竟然能长时间地在棋盘前打坐，其中的煎熬可想而知；而一旦下棋与他的"美"无关，他就分毫耐心也没有了，总是快速输掉，以求解脱。这样的表现，与其师傅"杨柳"相比，已是青胜于蓝，且今非昔比。这样的变化，又怎能不令人心惊？考虑到我们生存的社会，几乎就是一个以金钱为美学的社会，考虑到就是以传授知识、养育人才、传承文明为己任的象牙之塔也以效益为美学，因而像制造商品一样"制造"学生，而其"制造"的学生进入社会后自然也以成功为目的，以效益为美学，以金钱为信仰，这样的心惊又怎能不让人肉跳？难怪意大利哲学家阿甘本在反思现代危机时感慨："上帝没有死，他化身为金钱！"这实际上意味着，在精明的现代计算或算计中，现代历史已经走近其终点，而"人"，也空前地抵达其工具性或动物性。换句话说，到了这个程度，不要说什么文化、信仰、理想、情感，就是"生存"，也从我们脚下溜走了，尽管我们还在喊"生存"的口号。

　　正是在这个意义上，我们说储福金在《黑白（白之篇）》中发出的声音是"大音希声"，而他提出的这个问题也如空谷足音，发人深省。正是在这个意义上，小说结尾陶羊子与小君隔代对弈的情节才意味深长：一局终了，陶羊子涅槃而去，只留一缕心香在人间，而那除了效益的美学什么也不懂什么也不顾的小君却似乎获得新生，说出了一句意味极其纯粹却又极其丰富的话："太师公他这么快睡着了！"[①]这句充满人情气息的自言自语表明，这个一向混沌的物质之子似乎听懂了"太师公"的隔代"手语"，从而开始摆脱物质的拘役而向物质与精神合一的赤子之境进发——尽管，前边的路还很长，磨砺也很多。因而，这场对弈，是陶羊子对小君的"点化"，是精神向物质的贯注，是"软道理"与"硬道理"的对话。小君的话表明他听懂了这对话。

　　现在，只剩下一个问题了：我们听懂作家的心声了吗？

　　就是：在"生存"之上，我们靠什么与世界紧密相连？

（原载《文艺理论与批评》，2015 年第 3 期）

---

① 储福金：《黑白（白之篇）》，载《江南》2014 年第 3 期，第 205 页。

重写做"加法"的文学
——由长篇小说《江河水》想到的

伴随着 20 世纪 80 年代以来的社会转型，尤其是语言学转型，中国当代文学逐渐迎来自己的"减法"时代。这"减法"时代伴随着一系列文学运动——往上，可以追溯到"伤痕文学"、"反思文学"，它们试图在批判和反思中从文学中减掉"政治"（其专门用语叫"极权"）。可实际上，它们一时一刻也没有离开"政治"的圈子，甚至在叙事策略上跟此前的文学也没有什么大的区别。尽管如此，在中国当代文学史上，还是它们第一次喊出了文学需要做"减法"的口号，虽然其实践跟口号背离甚远。不过，也正是由于这个原因，在一时的昂扬之后，"伤痕文学"和"反思文学"很快就迎来了"寻根文学"和"先锋小说"等对它们的质疑——客观地看，"寻根文学"和"先锋小说"才在真正意义上实现了中国当代文学的语言学转向，因而才是中国"新时期"文学的真正开端。这一转向的重要标志，就是对文学与政治、文学与现实关系的深刻反思，就是从关注"写什么"转向关注"怎么写"。跟"伤痕文学"、"反思文学"相比，这才是真正意义上做"减法"的文学——不仅试图从文学中减去"政治"的包袱，而且还要减去"现实"的重负，让文学回归自身。然而，归根结底，无论从内容还是形式上看，这还是做"加法"的文学，只不过他们做"加法"的方式比较迂回而已。简而言之，它们要加给文学新的语言、新的叙事，而后，滚雪球般，由文学语言、叙事方式的转换，形成新的文学规范，而后，又由这新的文学规范形成新的情感和思想规范，最终，形成新的文化和社会规范。这一转向不仅是形式诉求，而且也有严肃的价值诉求。宽泛地说，就是人本主义的价值取向。正是由于这个原因，这一文学实践的确赋予文学以新面貌，再加上推动这一文学思潮的人大都具有理想情怀和严肃精神，因而，尽管这一文学运动未能在更深广的范围内得以延展，但却成为"新时期"以来最为精彩的文学实践。

不过，祸兮福之所倚，福兮祸之所伏。也就是从这一时期开始，中国当代文学迎来了真正的"减法"时代。这主要体现在两个方面：一是形式方面，二是价值方面。在形式方面，正如我们上文提到的，以"寻根文学"和"先锋小说"为代表的文学实践，固然是从形式开始自己的文学革命的，但这形式背后却有切实的价值诉求，即其形式革命还是有依托的，因而，尽管这些实践显得有些高蹈乃至诡异，但仔细追究，还是可以找到其逻辑起点的。但好景不长，这一文学实验高潮过后，大多当事人逐渐理想不再，严肃精神也渐次消退，而后来者又无法深味这一文学实验背后的深层诉求，因而，其写作更多地停留在为形式而形式上，到后来，甚至连为形式而形式的激情也丧失殆尽——看看今天打着先锋旗号写作的一些作家的作品在语言上是何等的混乱，何等的语无伦次，就知道这一文学实验的落差有多大。中国当代文学终于有了"做空"的形式。更为严重的是，就在中国当代文学在形式上"做空"的时候，中国迅速进入消费主义时代，形式真空的当代文学，很快为消费主义所包围，并在相当程度上为其所捕获，不仅丧失了形式革命的动力，而且也失去了价值突围、观念重构的机遇。关于这一点，一个最为重要的表征就是："新时期"以来高扬的"人的文学"的大旗，在很大程度上并未得到落实。只要看一看，当时我们曾经千呼万唤的"人性"，在当下的文学实践中，往往表现为物欲、情欲，甚至表现为兽欲，就知道，这样的判断绝非危言耸听。

就这样，中国当代文学告别了曾经的"高大上"时代（虽然有些"虚肿"），迎来了自己的"矮穷丑"时代（其表现的确"屌丝"）。中国当代文学，无论在形式上还是在价值上，都曾经是中国社会，尤其是中国文化的重要引领者之一，可在当今的"屌丝"时代，不仅风光不再，而且甚至成为其"洼地"。这不得不让人慨叹其陷落之深，也不得不让人反思我们的文学到底怎么了，更不得不让人追问：到底怎样才能让我们的文学走出其"屌丝"困局，走上正常的发展轨道？

对这追问的一个回答就是：重写做"加法"的文学。

近年，做"加法"的文学渐次出现，并引发关注。杜卫东、周新京的长篇小说新作《江河水》，就是这做"加法"的文学之最新收获。

这收获的表现之一就是小说为我们塑造了一个"正面人物"群像。

这样的评价，对普通读者而言，似乎太过"低调"了——文学的功用之一不就是传达正向价值吗？传达正向价值的手段之一不就是塑造正面人物形象吗？而塑造"正面人物"形象不就是我们的文学曾经擅长的主要方法之一吗？既然如此，何谈收获？然而，熟悉中国当代文学发展历程的人，尤其是熟悉"新时期"以降中国当代文学发展走向、熟悉中国当代文学现状的人，就会知道，这样的评价，是一种不折不扣的"高调"——在当下的文学语境中，甚至有曲高和寡之嫌。

正如我们上文所言，在做"减法"的文学实践中，一开始，我们要告别"革命"、告别"政治"、告别"现实"——其重要手段之一，就是告别此前文学中"高大全"的文学人物，因而，在文学语言和叙事策略上，我们也逐渐告别传统的文学语言形式，告别传统的人物塑造方法，甚至一度走到其终点——告别"人物"。在我们的小说实践及理论中，告别"人物"绝非空想，亦非空谈。想当年，在"先锋小说"中，小说人物就失去了自己的名字，而被甲乙丙丁、ABCD代替，其行为举止，也失去了"人"的一切表征，而只是一个影子、一种角色、一个符号。这种将人物符号化的做法，其实就是对"人物"的抽离与告别。更普遍的做法则是抽空人物，使其平面化，使其"徒有虚名"——虽有人形，但却不再有人的情感，人的思想，人的理念。而"新世纪"以降，伴随着消费主义文化的侵蚀，许多文学作品为了吸引眼球，要么采取亵渎、审丑的路径，要么采取纯欲望化的叙事策略，因而，我们的文学作品中的人物，虽然不再使用符号化的策略，但却进入离奇古怪的阶段，呈现给我们的，不要说正面人物，就是正常人也少见得很，我们见到的，不是怪人就是丑人，不是畸形就是变态。

在这样的语境中，别说塑造一个"正面人物"群像，就是塑造一个"正面人物"，也是对当下文学写作"审丑"成风的一个有力反拨。正是基于这样的原因，《江河水》中以江河、沈奕巍、卢茜、老卢头、刘黑子为代表的"正面人物"群像格外引人注目，其行止也格外动人。

江河是东江港公安局局长，由于"战功卓著"，很快就可以得到擢升，到省交通厅等单位担任行政主官，但为了省委、省政府的信任，为了一个共产党员的"鸿鹄之志"，他毅然决然地决定"转行"，到危机四伏的东江港担任港务局局长兼党委书记，并郑重承诺，三到五年之内，还省委、省政府，还港口群众一个风清气正、效益可观的现代物流中心。履职之后，他即刻投入紧张的工作之中——处理沉船事件、着手港口改革规划、筹措港口上市事宜……

期间，"天灾"不断，"人祸"迭起，可谓风雨飘摇，风险万端，但江河却不为所动，一意向前，直至成功。其中最为感人的情节是，就在港口改革刚刚取得成效，一切即将好转之时，一个大危机却不期而至：一场百年不遇的特大洪水即将爆发，省防总指挥部要求洪峰到达时港口必须封堵"东江港的生命通道"——溪口大堤上确保运煤通道畅通的闸口——以保障百姓生命安全，但这样，刚刚缓过来的港口却可能由此而一蹶不振，而且，周边地区经济也将遭受重大损失。在这两难之际，江河和他的助手们经过紧张工作，精密测算，制定了一个应急预案，既可以不用封堵运煤通道，又可以确保大堤安全，但这却需要他个人承担巨大的风险，用省防总指挥部副总指挥王石山的话说就是："中国是个水民族，在治水上是有着惨痛教训的，现在中央要求严防死守，你把闸口封了，任何人对你不会有半点微词，东江港的生产受到影响，待以时日还可以翻身。可是你不封，一旦水上来，我给你透个底线，漫过你们煤码头的防洪堤，只要到了闸口，判你十年就没问题！如果一旦溪口大堤决堤，上千万人的生命财产啊！你就是千古罪人，会被万世唾骂，杀你十次也不能弥补损失于万一！"[1] 在无过便是功的官场"潜规则"面前，这是何等艰难的抉择呀：一边是个人的生死，一边是集体的利益。在紧张的思想斗争之后，江河还是选择牺牲个人利益、确保集体利益：在再次紧张测算之后，他带着预案奔赴省政府，请求省防总指挥部把封堵运煤通道的决策权交给港口。最终，经历一系列艰难险阻后，实现双赢：溪口大堤经受住了考验，东江港的发展成果也保住了……在这暴风骤雨吹打下，江河的形象逐渐清晰起来，明亮起来，高大起来。

如果说江河是东江港的中流砥柱的话，那么，沈奕巍和卢茜就

---

① 杜卫东、周新京：《江河水》，东方出版社，2014 年 9 月第 1 版，第 335 页。

是东江港的"新青年"。在东江港的沦落期，他们虽境遇迥异，但却始终没有泯灭自己的理想之火：由于对港口现状不满，沈奕巍实名举报当时港口的实际领导人——主持工作的常务副局长秦池，但却为其所构陷，从港务局的核心部门设备处"流放"到港务局三产去遭受"风吹日晒"，甚至靠开"摩的"维持生计。即使如此，他也没有沉沦，而是继续调查港口发展事宜，构思港口发展规划，因而，等江河到任，主持港务局工作之后，他立刻焕发出新的光彩，成为江河最为得力的助手。跟沈奕巍相比，卢茜的境遇则好得多——江河到任之前，由于两家的亲密关系，卢茜就被秦池视同己出，照顾有加，但卢茜却没有被这温情所收买，而是心怀正见，在江河到任之后，迅速挣脱亲情的羁绊，成为江河的另一得力助手。最为感人的细节是，在裕泰号沉船事件中，卢茜本人属于违规乘船，事发后，在秦池安排下，她偷偷逃离现场，隐瞒事实真相，但当这一隐瞒使事件处理遭遇困境时，她毅然割舍亲情，抛弃私利，当众承认事实真相，使沉船事件处理转危为安。

如果说沈奕巍、卢茜是港口的"新青年"，老卢头则是港口的"老骨头"。他跟秦池关系非同一般，而且，在裕泰号沉船事件中，责任重大，本应跟秦池绑在一辆战车上的，但出于对港口的责任和情感，他虽然很少当面批评秦池，却对他的一些做法始终保留自己的看法。更为重要的是，虽然因为沉船事件遭受严重处分——被免职，但当特大洪峰到来之时，为了港口的利益，他不仅不计较个人得失，而且不顾自己身患重疾，顶风冒雨，踏上一线，利用自己的经验，为抗洪救灾规划路线图，最终因体力不支，心脏病促发，现出了宝贵的生命。

如果说上面这些人物是港口的"上层"的话，那么，刘黑子则是不折不扣的港口"底层"。为生计所迫，他靠水吃水——从码头上偷煤维生。由于生性耿直，爱打抱不平，得罪了其时港口"当家人"秦池，被投进监狱，加以重刑。出来后，他更是破罐子破摔，对港务局更是心有成见，甚至在江河到任当天，持刀到港务局办公室威胁江河。但就是这么一个"粗人"，在目睹了江河的所作所为后，为其所折服，于是改弦更张，发动港口"底层"，全力支持江河的改革大业。最后，为了控制东江上失控的化工船——船上满载着五千吨化工品，一旦倾覆，危害无穷——他"孤身犯险"，驾驶一艘快艇拖拽化工船，为救险赢得了宝贵的缓冲时间，而他自己，却为滔滔江水所吞噬……

在"拒绝崇高"的文化语境中，这样的"英雄人物"是否真实？

其实，这又何尝是一个新问题？！早在1934年，面对举国弥漫的文化虚无主义，鲁迅先生曾经发出"中国人失掉自信力了吗"的深切追问。他的回答也是明确的，那就是"我们有并不失掉自信力的中国人在"，"我们从古以来，就有埋头苦干的人，有拼命硬干的人，有为民请命的人，有舍身求法的人，……虽是等于为帝王将相做家谱的所谓'正史'，也往往掩不住他们的光耀，这就是中国的脊梁。"①

鲁迅的回答，在今天同样有力，那就是：今天，我们同样有并不失掉自信力的中国人在，同样有埋头苦干的人、拼命硬干的人、为民请命的人、舍身求法的人……虽虚无主义弥漫，却难掩他们的辉光。

固然，改革开放三十多年以来，建国六十多年以来，乃至建党九十多年以来，我们的党，我们的国家，我们的人民，曾经在迷茫中犯下了不少错误，经历了许多挫折，遭受了众多磨难，但同样毋庸讳言的是，我们也取得了不可忽视的成就。就当下而言，我们

---

① 鲁迅：《中国人失掉自信力了吗》，《鲁迅全集》（第六卷），人民文学出版社，2005年11月第1版，第122页。

的社会固然存在诸多问题，固然出现了一些贪腐者、堕落者、虚伪者、厚黑者，但我们的发展成果却同样有目共睹，而且，这样的成果绝非"从天而降"，而是无数中国人艰苦奋斗的结果，是无数埋头苦干者、拼命硬干者、为民请命者、舍身求法者孜孜以求的结果。遗憾的是，在一种日益弥漫的虚无主义的文化氛围中，我们的文学变成了"独眼怪人"，只看到存在的问题，而看不到取得的成就，以至于我们的文学中畸人遍地、怪人层出，甚至"坏人横行"！这是怎样悲催的文学景观啊！

从这个层面看，小说塑造的这个"英雄人物"群像意义重大，因为，这几乎是近年来第一次有人旗帜鲜明地礼赞"中国的脊梁"。的确，江河、沈奕巍、卢茜、老卢头、刘黑子，他们不就是"中国的脊梁"吗？他们不就是活跃在我们的生活中的埋头苦干的人、拼命硬干的人、为民请命的人、舍身求法的人吗？不就是他们的文学镜像吗？

这样的文学群像，绝非偶得，而是作者文学理念的物质显现。

早在2006年，《江河水》的第一作者杜卫东担任中国作家协会旗下重要的文学期刊《小说选刊》主编，履职之初，接受媒体采访时，他明确阐释了自己的文学理念，提出"小说之魂：现实、爱与真诚"，并以其作为指导编辑部编选稿件的纲领性文件，在文学界引发极大反响。然而，实事求是地说，以文学期刊引领文学实践，毕竟是间接性的工作，有时候，不免有隔山打牛之感，而且，还需要长期不懈的坚持，才可能有丰硕的收获，对其时的杜卫东主编而言，难免时有失落。而《江河水》则是他对这一文学理念的第一次"正面强攻"，也是这一文学理念的第一个"直接成果"。阅读时，时时能够感受到一种酣畅淋漓之意。想必杜卫东主编编辑刊物时的失落感也一扫而空了吧？

在作家定义为"小说之魂"的三个关键词中，"现实"属于文学方法问题，我们下文再论，而"爱"与"真诚"则是文学品格问题。说句实在话，作者之所以能够塑造出这样一个光彩夺目的"正面人物"群像，正是得益于作者奉"爱"与"真诚"为小说之魂魄，也就是说，正是因为时时用"真诚"的眼光观察生活，又时时用"爱"的心灵包容生活，生活才得以在他心中以一种正面的、积极的姿态展开，而人物也才得以在他心中以一种健康的、向上的姿态成长。说实话，作者并非看不到生活中的缺陷与阴暗面——小说主人公江河刚健有为却未能得到擢升，反而是一个华而不实的溜须者得到提拔，便是明证。但作者更愿意用两只眼睛看世界，或者说，在一种虚无主义的文化氛围中，作者更愿意看到并呈现生活中的光明面——"黑夜给了我黑色的眼睛，我却用他寻找光明。"顾城的这句诗，也可视为作者的心声。

正是在这"爱"与"真诚"的包蕴下，小说中的人物也都释放出了最大的"爱意"与"真诚"，不独江河等"正面人物"如此，就是小说中最大的"反面人物"秦池，作家也没有将其一棒子打死，而是在呈现其滑落的心灵轨迹之时，也呈现出其人性的多样性，呈现出其"爱"的一面——他是东江港最大的孝子。小说结尾，江河与秦池之间壁垒的化解，一方面是因为法治的威严，另一方面则是因为秦池心中仍然保有一方净土，而江河则最大限度地激发了这方净土的正能量。

这是小说在文学品格方面的收获。

小说的另一收获，则是文学方法的收获：重张"现实主义"大旗。

我们知道，在中国当代文学之初，在革命文学阶段，"现实主义"被奉为文学的圭臬，在发展中被赋予大量的意识形态要素后，被定义为其时文学方法的"一尊"。这种"罢黜百家，独尊一术"的做法，必然束缚文学的生机和活力，必然引发其反弹，因而，"新时期"以降，文学转型的重要工作之一就是对"现实主义"的反思与清算。无论在情感上还是在学理上，这都是可以理解的现象。然而，作为世界文学方法之一种，无论如何，"现实主义"都不能被扔进历史的垃圾堆里。毕竟，"现实主义"是文学的主潮——在世界文学史上，也是如此。可遗憾的是，"新时期"以降，我们对"现实主义"的清算虽然不怎么深刻，但态度却足够决绝——"现实主义"一度被妖魔化，时间足够长久（现在，还时时有人质疑"现实主义"的合法性，其后果也足够严重）。概括地说，当下，对一些具有文体自觉的作家来说，他们青睐的是现代主义、后现代主义的文学方法，而对那些缺乏文体自觉的作家来说，就无所谓什么"主义"了，其写作也真的是"天马行空"，甚至是信手涂鸦，其品质如何，也许连他们自己都不清楚。由是观之，当下的文学写作，方法其实单调得很，需要新的力量介入。

在这种语境中，"眉清目秀"的现实主义的文学作品极其少见。

《江河水》则不仅"眉清目秀"，而且简直"眉清目朗"：围绕着治理东江港这一中心事件，江河、沈奕巍、卢茜、秦池、秦海涛、孟建荣、丁薇薇等人物次第出场，在彼此的交织中，展开叙事，时而如小河流水，娓娓道来，时而如江河奔腾，滔滔汩汩。在这样的叙事中，东江港的前世今生，中国的前世今生，也宛若水落石出，引人入胜。这是这部七十多万字的小说让读者阅读时爱不释手的重要原因之一。

这就涉及这部小说的又一收获：小说的魅力，或"可读性"。

多年来，在一种怪异的文化氛围中，"可读性"竟被视为通俗文学的特征，而为"纯文学"所抛弃——这应该是读者冷落"纯文学"的原因之一。实际上，"可读性"为一切文学所共有之要求，换句话说就是，一切文学，都必须有自己的"魅力"——文学的魅力。不同的作家、不同的文学作品，有不同的"魅力"：有的靠强大的思想吸引读者，有的靠丰满的激情吸引读者，有的靠深邃的哲思吸引读者，有的靠卓异的语言吸引读者，有的靠特立独行的姿态吸引读者——有时候，"先锋"就是一种姿态，就是一种"方法"，就是一种"魅力"。

说句实话，一部缺乏"魅力"的作品，堪比一个没有灵魂的人，很难引起别人的注意，更不要说让别人"钟情"了。而对一部动辄数十万言的长篇小说来说，这种"魅力"的缺失，无异于对读者的戕害。而这，却正是当下长篇小说创作中习而不察、察而不言的问题之一。

在这个方面，《江河水》也别有新意。

除了独特的观察视野、充沛的情感力量、执着的现实情怀等合力形塑的"魅力"外，作者还借鉴了一些流行元素，使小说更为动人。

事实上，在这部现实主义小说中，除了传统的现实主义因素外，作者还借鉴了侦探小说/推理小说，乃至电视剧中的一些叙事策略：小说中"古滇王金印"这条线索，就借鉴了侦探小说/推理小说的叙事策略；而秦海涛这条线索，则借鉴了"潜伏剧"的一些叙事策略。自然，这些叙事策略的借鉴，不仅使小说叙述更加立体，更加吸引人，而且也有利于推动小说情节发展、塑造人物形象、揭示小说主题——万流归一，这些叙事策略的引入，不过是为了使"江河水"更加滔滔。比如，随着"古滇王金印"故事发展，江河与丁薇薇的"生死不了情"浮现，江河有情、有爱、有义，但更有责任感的形象更加饱满起来，而其新时代"英雄"的人格魅力和精神感染力，也因此而洋溢开来。

正是这一切，使《江河水》成为做"加法"的文学的重要收获。

正是这一切，使《江河水》，汩汩滔滔，澡雪精神，疏瀹五脏。

正是这一切，使我们呼吁：让做"加法"的文学来得更多些吧。

（原载《芒种》，2015 年第 2 期）

都市写作的新发展

——都市文学视野中的《失魂记》

以年龄或代纪作为研究文学活动的切入点，一个显而易见的缺憾是很容易将这一文学活动变为一个无所不能的"筐"，只要年龄合适，所有作家都可以装入这个"筐"里，比如"70后"这一最近较为吸引眼球的文学概念，好像所有生于1970年至1980年之间的作家，不管他写的是什么，写得怎么样，只要写东西，就可被命名为"70后"。这样，我们很难将"70后"作为一文学活动的主体加以观照，因为，这样的命名，缺少文学活动所必需的主体性特征，即相对稳定的共性。

实际上，对中国当代文学略微有所研究的人都知道，"70后"作为一文学口号或文学活动被倡导时，是有相对明确的主体的：自1996年《小说界》推出"70年代以后"栏目，《芙蓉》、《山花》、《作家》、《人民文学》等期刊纷纷跟进，推出类似主题的栏目后，"70后"就成为一个响亮的文学口号。略加梳理，我们发现，这一文学口号所涵盖的作家主要包括丁天、卫慧、棉棉、杨蔚然、魏微、朱文颖、戴来、金仁顺等。略作追究，我们发现，这些于20世纪90年代中后期闪亮登场的作家，其书写的场域主要是伴随着市场化进程初步确立自己主体性的现代都市，而其写作也主要表达他（她）们对这一现代造物的新奇感以及这一现代造物带来的新的兴奋、恐惧等杂糅情感。这一方面，卫慧、棉棉领军的"身体写作"可谓典型，在以看似率性的文字张扬都市空间中的"身体美学"时，背后涌动的，也不乏恐惧与疼痛。

由于"70后"已经成为一个宽泛而暧昧的命名，也由于早期"70后"作家往往以"都市"作为自己的文学主战场并取得了不俗的成绩，更由于其时"都市写作"对于中国当代文学而言是一个新生事物，因此，笔者在这里以"都市写作"命名这些早期"70后"作家，既显示他（她）们与当下"70后"作家的不同，亦可凸显其文学成就。

对于早期"70后"的"都市写作"，当时的批评界在对其洋溢的才华、自由的灵魂、率性的文字表达由衷的惊喜之时，也对其写作的无根性，即缺乏历史继承性表达了自己的忧虑。现在看来，这种忧虑有点儿"杞忧"之意。因为，对于当代中国而言，现代都市的确是一个新事物，任何对这个新事物的表述都只能随着时间的延展而发展，而这些早期"70后"作家，除了一些人逐渐淡出文坛外，大多也在后来的写作实践中以不同方式呈现了"中国都市"的"现在进行时"，尤其在情感——这一"都市写作"最为关键的关键词——方面。

从这条线索上看，我们可以说，杨蔚然在淡出文坛近十年后推出的长篇小说新作《失魂记》，可谓"都市写作"的新发现，或新发展。

这一新发展，首先体现在文风或文体上。

诚如杨蔚然在接受采访时所自陈，在早期创作中，他比较注重作品的先锋性，因而，内容较为飘忽，文风也相应摇摆，但《失魂记》却是一部相对踏实或"写实"的小说。这种感觉，首先来源于这部小说独特的语言风格。阅读中，很容易为作者的语言天赋所折服，因为他能够将各种风格的语言，甚至风马牛不相及的语言融为一体，创造出属于自己的小说语言。仅就《失魂记》而言，他就征用了雅俗共赏的都市流行语、光怪陆离的网络搞怪语、活色生香的湘楚地方话——特别是长沙方言、声情并茂的电视电影语言……当然，他并不是把这些语言搬来拼贴在一起就完事了，而是经过精心组织，使之成为一个完整的语言体，制造一种特殊的语言魅力。概言之，是轻松后站着沉重，阳光下涌着黑暗。说句形象的话，他是将"重"放在"轻"上。

不过，语言还只是浅层的原因。我们甚至可以说，作者之所以创造这样一种文学语言，是因为要追问一些特殊的问题。离开了这种文学语言，对问题的追问就缺乏应有的力度和深度，即缺乏应有的质量。

那么，作者追问的问题是什么呢？

在笔者看来，作者追问的第一个问题是：爱情都去了哪里？

我们在上文中说过，"爱情"是"都市写作"最为重要的关键词之一。在《失魂记》中，作者再次正面强攻这个问题。为了很好地解决这个问题，作者不仅在语言上用功不少，创造了一种寓重于轻的语言，在小说结构上，更是煞费苦心。仅仅翻看一下目录，就会有一种"时空错乱"的感觉，因为，这个以时间为导引的目录，并非像正常的排列那样，或者倒叙，或者顺叙，或者插叙，而完全是"无序"：一会儿是某年某月，一会儿又跳到另外的年月，而下一部分又是另外的年月，其间差距可逾数年，根本看不出这个变化之中有什么关系——当然，这其中实际上是大有关系的，只是解读这关系，需要耐心。

在阅读中，尤其在初始的阅读中，由目录带来的这种时空错乱感，·以及由这种时空错乱感带来的好奇感不仅一点儿也没有减轻，反而加重了，直到"Chapter 6"，"我"百无聊赖地翻看电脑文件无意中发现自己于春风桃花中跟"酒窝女生"的合影时脑海中触电般瞬间一片闪亮而后又一片模糊时，我们才意识到，不是时空错乱了，而是"我"的记忆错乱了，或者说，是"我"的心理时间发生了错乱，而要洞悉这错乱中的真相，就需要将"我"的记忆——心理时间———一理顺。

从这个意义上看，这个心理开端才是小说叙事的真正开端。也只有从这个心理开端回过头来再次阅读，我们才能进入小说叙述的腹地，才能理解作者的深意：小说名为"失魂记"，那么，何谓"失魂"？

随着这个心理时间的发现，我们看到，那些原本凌乱的物理时间，就像一堆烂牌到了一位高手手中一样，瞬间组合在一起，图像鲜明，层次清晰，似乎具有了生命一般。原来，小说第一章"我"在机场因错拿行李箱而遭遇死婴案，并非意外的惊悚，我因此见到的行李箱的真正主人庄学钟也并非陌生人——其时，他只是以"陌生"面目出现——而是熟悉得不能再熟悉的"合作者"，而这貌似的"偶遇"里面则包含着无数的精心计算与狠心算计。事情的真相，就藏在这计算与算计之中：2001 年 3 月 30 日，由于家庭生活失败导致事业失败的"我"，一个人跑到常德桃源的桃花节散心，偶遇"80 后"美女葛曼丽和莎拉并一起赏花游玩，对葛曼丽心生好感的"我"回到长沙后，经常约会她们，一番追求后，葛曼丽既不积极也不消极，"我"转而追求莎拉，并迅速与之同居，但葛曼丽也并未就此远去，而是沉淀为"我"心底一种难言的爱或痛。其间，我认识了香港商人庄学钟，想借助他东山再起，但一番接触后，庄学钟态度暧昧，几乎失去耐心的"我"，接待时有些破罐破摔了，与其喝茶时把莎拉和葛曼丽也叫来了。"好戏"由此开始："庄学钟在与葛曼丽握手与对视中，我特别注意到，他闪烁出这几天从未有过的怪异表情。我心稍稍一侧，只有零点几秒。"①

这"零点几秒"的"心侧"，将要把葛曼丽引向毁灭。

为了抓住庄学钟这位"贵人"，在第二次接待他时，"我"和女友莎拉做了精心安排：将接风宴安排在葛曼丽和莎拉合租的"家"里。将美女葛曼丽的"私人空间"向"外人"庄学钟敞开的做法，无疑暗示多多，精明的庄学钟自然心知肚明，与"我"心照不宣中达成默契：他投资"我"，助"我"东山再起，"我"负责将葛曼丽推向他的怀抱。

一番铺陈之后，这"收买"的一天，这"出卖"的一天，这"牺牲"的一天，这"献祭"的一天，终于来了：在庄学钟投资四百万元后，2001年8月8日，"我"的全香中西餐厅火爆开业，并以日进斗金的状态继续火爆着。12月，到了"我"兑现"承诺"的时候了，在一场精心安排的答谢派对之后，在一场近乎疯狂、近乎堕落、近乎引诱、近乎麻醉的狂欢之后，"我"终于将葛曼丽"送"到庄学钟手中。关于这个情节，作者有一段极其细腻也极其传神的描写：在庄学钟拉葛曼丽去开房之时，葛曼丽是想拒绝的，却没有挣脱庄学钟的掌握，这时，她"就继续看着我，表情停留在一种严肃里。我渐看出眼光要杀人的恶狠"。"我有些慌，眼睛想逃离，但又不行，我明显在接下来几秒又看出了那种'不是玩笑'和不知为何意的意思。"但"我心态极好地保持着笑，意思是抓下手没什么，接下来也没什么，世界怎样了都没什么，要乖"。但葛曼丽"仍不死心地望着我，口在动，无声，似乎在用口型说着什么"。只有我看到，"我仍笑，说：'没事，没事，好大个事？'"②看这情节，我们知道，葛曼丽几乎是被"我""送"到庄学钟怀抱中，"送"到庄

① 杨蔚然：《失魂记》，湖南人民出版社，2014年1月第1版，第115页。
② 杨蔚然：《失魂记》，湖南人民出版社，2014年1月第1版，第169页。

学钟床上去的，而"我"之所以这样做，只是为了抓住庄学钟这位"贵人"，抓住他四百万元的投资。

"我"承认自己喜欢葛曼丽，承认这样做对葛曼丽过于残酷，因而，当葛曼丽落入庄学钟鼓掌中之后，"我"陷入"寒冷"之中，反复琢磨葛曼丽最后那无声的口型到底是什么意思。"我"突然意识到，葛曼丽冲着我"哦"了下然后又闭合，那形成O型后又收回的双唇，那相碰又张开的口型，想说的不是"火把"，不是"活吧"，不是"混吧"，而是"我怕"。想到这里，我再次看到了葛曼丽"无助的矛盾下的最极端模样"。一念及此，"我猛然一个激灵，像悠然爬行于树干的毛毛虫被针扎了下，疼得激灵"，痛悔自己为什么当时没读出这口型的含义。但瞬间后我就清楚地意识到："就算我当时看出了、想到了、明白了，又怎样？矛盾后，我仍不会有何毁了计划的打算。我心如铁，近乎六亲不认。①所以如此，无它，只因："我始终定位明确，商人，狠心，赚得才会狠。我一往无前地走下去，但愿运气是好的。"②

这就是"我"的"信仰"。这也是市场社会的"铁律"。

就这样，葛曼丽被我当做筹码，"送"给了庄学钟。

这是何等的残酷！但这还不是最残酷的，因为"我"深知："情人只代表情人，只能是从有到无，最高境界也逃不了始乱终弃，只看在哪个时间点上'弃'。"③又是几乎无可更易的"原则"和"基本法"。因而，"乱"虽然残酷，却不是终极残酷。"弃"才是残酷中的残酷。

这意味着，对葛曼丽而言，最残酷的时刻虽未到来，但却必将

---

① 杨蔚然：《失魂记》，湖南人民出版社，2014 年 1 月第 1 版，第 170 页。

② 杨蔚然：《失魂记》，湖南人民出版社，2014 年 1 月第 1 版，第 171 页。

③ 杨蔚然：《失魂记》，湖南人民出版社，2014 年 1 月第 1 版，第 257 页。

如期而至。就是说，这个故事，在开始时，结果已经一目了然。实际上，这的确没有什么好奇怪和惊讶的。因为，在当代中国，尤其是在欲望翻腾的官商两界，这几乎是时刻可能上演的"旧剧"，而非"新戏"。

落入庄学钟金钱打造的巢窠后，葛曼丽也"幸福"了些时日，毕竟，物质的从容对她这样底层出身的女孩是充满了诱惑力的。但就在葛曼丽"幸福"的时候，"我"却再次经历了人生和事业的滑铁卢：2000年4月，"我"狠心抛弃了前妻所生残疾婴孩；2002年11月，就在全香中西餐厅火爆得一发不可收拾之时，弃婴事件爆发，"我"被知情者王军敲诈，破财消灾失败之后，为了摆脱无休无止的敲诈噩梦，"我"被迫投案自首，陷入牢狱之灾；在庄学钟和律师运作下，我于2003年2月8日缓刑出狱，在这个过程中，庄学钟知道了"我"从他四百万元的投资中"黑"了一百多万的事实，不过，庄学钟不仅一言不发，而且还继续义薄云天地搭救"我"。事实上，这是庄学钟为了让"我"听命于他而给我套上的一条"锁链"——金锁链，而这条"锁链"也牵引着葛曼丽的命运。一番折腾之后，"我"虽然摆脱了牢狱之灾，但由于自己声名狼藉，且元气大伤，餐厅生意一落千丈，"我"不得不于2003年年底注销公司，又开始了游手好闲的日子。

"逍遥"了一段时日，2004年，大约在冬季，逐渐淡出"我"视野的庄学钟再次召唤"我"，因为"弃"的时刻就要到了，他需要"我"去完成这麻烦多多的任务：葛曼丽怀上了庄学钟的孩子，以此要挟庄学钟，要么跟她结婚，要么彻底分手，而这都不是庄学钟想要的结果——他想要的是"玩"，是"游戏"——爱情游戏，因此，他让"我"去帮他说服葛曼丽，解除"游戏"危机。在"我"现身说法的劝告下，葛曼丽放弃自己的要求，打去胎儿，与庄学钟重归于好。为了答谢"我"，也是为了更好地套牢"我"，2005年9

月，庄学钟将"我"介绍到湘军天科技公司，经过一番打拼，"我"坐稳了副总的位置，事业和人生再次蓬勃起来。就在这个时候，葛曼丽的终极悲剧时刻到来了：2008年6月，已经从长沙撤得差不多的庄学钟突然再次呼唤"我"，要"我"帮他"了难"，因为葛曼丽再次怀孕，并再次以此为条件要求庄学钟带她去香港结婚，觉得葛曼丽连"游戏价值"也不多了的庄学钟需要一个彻底的解决方案，于是再次向"我""求援"。"我"由于偶然的机缘知道自己的部下阿球在葛曼丽失意之时与之有了一夜情，并疯狂地追求、追寻葛曼丽———夜情后，葛曼丽觉得无法承受阿球狂热的爱情，于是主动"消失"了——而不得，于是，经过"我"的一番精心安排，当葛曼丽与庄学钟在"老树咖啡"讨价还价时，阿球"偶遇"葛曼丽，并再次向她展开爱情攻势，情势由此急转直下：原本被动招架的庄学钟一下子掌握了主动权，使葛曼丽只能被动"求和"，好不容易才抓住这个机会的庄学钟怎能放弃，于是，一番表演后断然拒绝葛曼丽，满身轻松地返回香港，准备开始新的游戏；葛曼丽由于阿球的突然介入毁坏了自己的计划，羞怒交加中当众羞辱阿球，令其羞怒不堪，为焚毁自己凄惨的生命点燃最后一根火柴。

行文至此，这个悲剧故事的来龙去脉就一目了然了，无须赘言了。只需交代一点，即："我"的"记忆"——心理时间——为什么那么混乱？答案仍然与庄学钟有关，与葛曼丽有关：被庄学钟彻底抛弃后，葛曼丽知道自己再也没有与他讨价还价的余地了，就把心思放到孩子身上，想到香港找庄学钟，最后见他一面，请他安排在香港生孩子，好"让崽有个奋斗目标"。在葛曼丽和莎拉一再要求下，或许还有同情与自责在里边，"我"和葛曼丽、莎拉到了香港。2008年7月24日，在驾车追踪庄学钟时，"我"出了车祸，虽然大难不死，但治愈后却留下了选择性失忆的后遗症。这就是"我"的记忆混乱不堪的原因，也是小说叙事时间瞻之在前、忽焉在后的原因。需要强调的是，这次车祸绝非偶然，而仍是计算或算计的结果。对此，作者有细致交代。在找回记忆的过程中，"我"还原了车祸的真实场面："此时猛然看到大货车近在咫尺，在零点几秒里，我听到的不是脚踩刹车声，而是轰了一脚油门的声音！我的脚明明踩着右边的踏板，我竟然是有意撞上去的！是的，是的，是我自己有意要撞上去的！我是自杀的行为！"①

　　是什么驱使"我"不惜生命危险的这样做，虽然作者没有过多交代，但小说中的一个细节却告诉了我们一切：在"我"驾着车就要追上庄学钟的那一刻，就在葛曼丽高喊"快追"的那一刻，就在大货车出现的那一刻，我看到了庄学钟的眼睛——他"收回目光的样子像是触到了陌生人"，他"定是要造成没有认出我们的效果"。②就是这"收回的目光"让我"惊蠢"了，让我驾车冲向疾驰的大货车，因为，庄学钟需要的是"没有认出我们的效果"，是陌路人的效果，而庄学钟之所以能够这样命令"我"，而"我"也之所以这样听命，就在于庄学钟用金钱为"我"打造了一条"锁链"。这"锁链"，辉煌而又沉重！或许，在这生死时速的片刻，我仍然想起了自己的人生信条："商人，狠心，赚得才会狠。"③这"狠"，既指向别人，更指向自己。而这，或许才是"失魂"的真意之所在：在强大的金钱面前，一切都可以抛弃，包括生命，包括魂魄，更不要说什么轻飘飘的爱情和婚姻了。

　　这就是作者对"爱情都去了哪里"的拷问和回答：在金钱主导的当代社会，对于有权有钱者而言，爱情变成了欲望的对象，消费的对象，一切都不成问题，唯一的问题只在于需要花费的金钱的

---

①　杨蔚然：《失魂记》，湖南人民出版社，2014年1月第1版，第97页。

②　杨蔚然：《失魂记》，湖南人民出版社，2014年1月第1版，第96页。

③　杨蔚然：《失魂记》，湖南人民出版社，2014年1月第1版，第171页。

数量——这在庄学钟那里体现得如此淋漓尽致，为了"消费"葛曼丽，他不仅为其准备了锦衣玉食、香车宝马、华屋丽室、体面工作，而且还"收买"了一个招之即来挥之即去的爪牙，供自己任意驱遣；对于那些无权无钱的弱者而言，她或他或许需要情感，但在金钱/资本的主导下，她或他却只能放弃这奢侈的愿望，将自己的身体和容貌变成欲望的主体——这在"我"和葛曼丽那里，同样表现得淋漓尽致："我"对葛曼丽心存爱意，但为了成功，为了赚钱，为了发达，我不仅压制了自己的爱意，而且还亲手将葛曼丽"送"到庄学钟怀抱中去；葛曼丽何尝不如是？她或许对爱情充满着浪漫的憧憬，但在坚硬的现实面前，她对庄学钟采取的却是不即不离的态度，而最后委身庄学钟，固然有庄学钟和"我"精心算计的因素在内，但相信她"内心"中是做了反复考量的，要不然，庄学钟和"我"再怎么算计，也不会得逞。而一旦将自己的容颜和身体变成欲望的主体，或者说，一旦将自己交给金钱这个"主人"——这个魔鬼般魔法无边的"主人"，化身为"商品"的"人"几乎就丧失了情感的主动权或选择权，这就是葛曼丽和阿球的故事只能以悲剧结束的唯一原因：原本，阿球和葛曼丽真是天造地设的一对儿，男的英俊潇洒，女的娇俏美丽，且彼此欣赏，唯一的缺憾就在于阿球缺乏"资本"，而葛曼丽又早已被庄学钟的"资本"所收买，阿球丧失了"再收买"的权利，葛曼丽也没有了再选择的权利。于是，这个原本郎情女貌的故事，就只能演变为血淋淋的奸杀悲剧。

这就是杨蔚然通过长篇小说《失魂记》揭示的现代情感困境。

这个"发现"，无疑重大。需要补充的一点是，除了作者揭示的这两种"情感-欲望"或"身体-商品"转换模式外，在金钱主导的当代语境中，还有一种"无情"的情感模式——在急速的现代生活节奏与局促的现代生存空间中，被资本/金钱这条狗驱赶得几乎连停下来撒泡尿的时间都没有的现代人，不得不压抑自己的情感以应对工作，久而久之，就产生了一种"无情"的人生——这就是现代社会"剩男"、"剩女"成为流行语的原因，不是他或她愿意"剩"下，而是现代社会逼迫他或她不得不"剩"下，因为，一旦他或她从工作空间里稍稍停顿下来以在情感的世界里徜徉片刻，等他或她从情感世界中苏醒过来时，迎接他或她的，很可能是原本敞开的工作空间的大门已经紧闭。这是现代人，尤其是现代都市人，面对的更大情感危机。或者说，这个更大的情感危机，是作者揭示的上述两种情感困境的现实背景。

在这个背景下，葛曼丽的人生悲剧，就更加悲怆了。

插一句或许并非"多余的话"：前一段时间，电影《归来》播出后，许多观众为陆焉识和冯婉喻的凄绝"爱情"所感动，直言观影时泪奔不已。实际上，将《归来》（包括其母本长篇小说《陆犯焉识》）当作一个"爱情"故事来接受，是一种双重误读：首先，这是对电影／小说的误读——《归来》／《陆犯焉识》的主旨绝不是谈什么爱情，陆焉识和冯婉喻之间之所以感人的也绝非什么爱情，而是陆焉识的无边忏悔：在年少轻狂时，在青春丽日时，陆焉识何曾把冯婉喻放在眼中，更不要说心中了，只是随着时日艰难，他才看到了她的"好"，而革命这一暴力事件的突然介入，使他更加意识到她的"好"，于是，在漫长的隔绝中，陆焉识开始对自己的年少轻狂忏悔不已。或许，在这忏悔中，陆焉识产生了幻觉，觉得自己的忏悔就是对冯婉喻的真爱，观众或读者也被这幻觉迷惑了，觉得这就是真爱，但我们可以试问一下，如果这就是真爱的话，那么，什么人能承受这样的爱呢？——有条件相爱时，做的是侮辱与抛弃的事情，没有条件相爱时，却又念念不忘对方的"好"，这是怎样"功利主义"的爱与情啊！那么，导演或作者为什么将"忏悔录"导演／写成"爱情书"呢？这就涉及导演或作者的本意了——张艺谋和严歌苓不过是借这个"哭诉"的所谓"爱情"故事行"控诉"之实,"控诉"革命对他们的剥夺,对他们轻狂爱情的剥夺,对他们可以始乱终弃特权的剥夺,对他们一切特权的剥夺,因而,这部电影/小说还是典型的"伤痕文学"的路数,里边的所谓"爱情",不过是一个圈套,而政治,才是真正的旨归所在。

其次,这是对"革命"的误读,准确地说,是对"革命时期爱情"的误读。革命自然有其不堪直视之处,但"爱情"却不仅不是革命时期的短板,甚至可能是其长处——如果对电影《归来》和小说《陆犯焉识》做深度解读,我们甚至可以说,正是革命(革命的暴力隔绝与改造)首先恢复了陆焉识的反思意识,而后又进一步恢复了他的爱情意识。只有从这个角度看,陆焉识的"忏悔录"才能解读为"爱情书"。

那么,关键的问题就来了:为什么会产生这样的双重误读呢?

如果做一点症候式研究的话,答案很清楚:这样的误读是"移情"的后果,是观众或读者把自身的情感状况——极度匮乏——投射到历史中去的后果,而这样的"移情"更严重的后果是使观众或读者进一步遗忘自身的"疾病",从而更进一步,遗忘自己时代的"疾病"。这样的"遗忘",看似实现了自我救赎,可实际上,却是更深的陷落。

只有在这样的背景下,《失魂记》的意义才能真正凸显出来:与众人沉浸在自身的"疾病"中而不自觉不同,通过对"爱情都去了哪里"这个问题的执着追问,杨蔚然准确地揭示了我们时代的"疾病"——物质相对丰腴,情感极端匮乏。这堪称"都市文学"的新发现。

之所以这么说,一是因为《失魂记》在纵向上实现了对"都市写作"的超越——看看葛曼丽的人生悲剧,我们会发现卫慧《上海宝贝》中的"身体叙事"是多么的轻飘与无力。当年,"身体"还可以是"叛逆"的展示,还可以是"解放"的力量,而现在,在都市终于具有了自己吞噬一切的魔力之后，一切"叛逆"和"解放"都是徒劳。当然，《失魂记》在横向上也实现了对"都市写作"的超越，或者说，杨蔚然之所以在纵向上实现了对"都市写作"的超越，在于他首先实现了对"都市写作"的横向超越。我们注意到，杨蔚然将小说的发生地放置在长沙——中国都市的一个独特样板。在一个访谈中，杨蔚然解读了长沙的独特之处：长沙是内陆城市，不是沿海城市，不在改革开放前沿，但在"一切向前／钱看"的时代氛围中，它创造了自己独特的都市品格——靠"电视湘军"，靠"超级女声"，靠选秀节目，靠"注意力经济"，长沙在"注意力"方面，在"娱乐领导力"方面，在"眼球经济"方面，不仅早已跻身一线城市，甚至在一定程度上超越了上海、北京、广州、深圳等一线城市。重要的是，这种独特的都市文化或都市品格，在为自己营造了一种"天上人间"般的梦幻色彩之时，更为自己打造了一种"人间地狱"的冷血精神，而且，这种笼着梦幻色彩的冷血精神在一种大众文化氛围中，早已在"寻常百姓"心中生根发芽。关于这一点，杨蔚然在小说中有委婉而犀利的揭示——小说中时常出现的诸如"中国演艺航母"等大众娱乐场所及其中上演的句句不离钱色的节目就是一个很好的暗示，而小说中湖南搞笑天王李清德在脱口秀节目中对金钱赤裸裸的崇拜言辞，更是将 20 世纪 90 年代"金钱不是万能的，但没有钱万万不能"的"拜金口号"远远甩在身后。这才是葛曼丽悲剧的真正根源——我们所生活的都市，早已是一个不再讲感情的都市了，甚至也不再是一个讲欲望的都市了，一切都变成了商品，一切都变成了"鱼肉"，一切都变成了消费。在这样的背景下，仍沉迷于情与欲的"都市写作"，已然远离了现实，也远离了真实。

这正是当下"都市文学"的病灶之一。

"都市文学"是这两年的文学热点之一，或者说，是文学界召唤的热点之一。但在笔者看来，"都市文学"的缺点之一就在于对都市情感的呈现。并不是没有相应的书写，也不是相应的书写少，而是书写乏力，没有找出都市情感的真问题在哪里，从而没有找到"都市文学"真正的文学性在哪里。而这，无疑正是《失魂记》的优势之所在。

更重要的是，杨蔚然首次直面了一个特殊的都市人群的生存状态——不要误会了，这个"特殊者"不是葛曼丽，也不是"我"，而是庄学钟。"我"和葛曼丽不过是庄学钟这根藤上结出的两颗苦瓜而已。

20世纪90年代末，当"中产阶级"还没有受到现实的挤压因而生活还相对滋润时，"中产阶级"一度成为社会热词，"中产阶级社会"也一度成为一些学者对未来中国社会的期望之一。大约就在这个时期，许多都市白领乃至"灰领"都特别喜欢阅读一本叫《格调》的书，期望从中学得些许"中产阶级"生活品味，提升进入这个阶层的软实力。实际上，这并不是一本论"中产阶级"个人修养的书，而是一本硬邦邦的书，是一本讨论阶级/阶层的书，是一本讨论阶级/阶层分化的书——许多"读书人"都忘了读这本书的副标题：社会等级与生活品味。在作者那里，"生活品味"是"社会等级"的从属语，而非关键词。

在"白领""蜗居"、"灰领""蚁族"的今天，人们才真正意识到了保罗·福塞尔这本书的坚硬之处。保罗·福塞尔指出，除了大街上常见的芸芸众生外，在现代美国社会，还存在着两个"看不见的阶层"：一个是"看不见的底层"，另一个则是"看不见的顶层"。虽然都"看不见"，但"看不见"的原因却截然不同："底层"是被生活的重压压到尘埃中去了，因而淡出了人们的视野，他们"只会短暂地出现在某事某地，比如春天的纽约街头，嘴里一边咕哝着自己倔强的幻想。这个一年一度的仪式性自我展示结束后，他们就会再次销声匿迹"。① "看不见的顶层"则是被 1929 年的经济大萧条吓坏了，从那以后，这些"巨富""在炫耀自己的财产时变得'谨慎，几乎一言不发'"。与之相应，"大批财富从一些很能鼓励表现癖的地方（比如纽约上城第五大道的豪宅），转到了弗吉尼亚的小城镇、纽约州北部的乡村、康涅狄格州、长岛和新泽西州"。"不仅豪宅被藏了起来，'看不见的顶层'的成员们也纷纷从他人的窥视和探查里消失了。这一等级的人们往往会极力避开社会学家、民意测验者，以及消费调查人员们详尽的提问和计算。无人对这个等级做过细致研究，因为他们的确看不见"。概言之，这个"看不见的顶层"是一些巨富，经历了 20 世纪 30 年代的大萧条之后，出于自我保护的考虑，这个"曾经喜欢炫耀和挥霍"的阶层，"在媒体和大众的嫉恨、慈善机构募捐者的追逐下销声匿迹了"。②

虽然这是保罗·福塞尔对 20 世纪 80 年代美国社会状况的描摹，但整体而言，这种状况也适合今日之中国社会，就这个"看不见的顶层"而言，这种描摹，尤其重要——经过三十多年市场经济的急速发展，中国社会在经历急剧分化之后，我们社会的"顶层"的确"看不见"了，虽然他们还在相当程度上主导着我们这个社会的发展及其走向。因而，如何呈现这个"看不见的顶层"，将我们的社会"还原"为一个完整的版块，是人文社科学界的重要任务之一。因为，非如此，我们就无法准确地认识自身，也就无法看清我们的过去、现在和未来。

就文学而言，尤其是都市文学而言，经过新世纪以来的发展，我们对都市饮食男女的日常生活景象，有了足够多的书写和呈现，

---

① 保罗·福塞尔著；梁丽真、乐涛、石涛译：《格调：社会等级与生活品味》（修订第 3 版），世界图书出版公司北京公司，2011 年 12 月第 1 版，第 29 页。
② 保罗·福塞尔著；梁丽真、乐涛、石涛译：《格调：社会等级与生活品味》（修订第 3 版），世界图书出版公司北京公司，2011 年 12 月第 1 版，第 27 页。

得益于"底层文学"的横空出世,我们对那些为生活重压压到尘埃以下的"底层",也有了相当多的书写和呈现,虽然这书写和呈现还远远不够。唯一遗憾的是,我们的"都市文学"对这个"看不见的顶层"鲜有触及——就我的阅读经验而言,杨蔚然《失魂记》中的庄学钟是我们的"都市文学"中第一个"看不见的顶层"。更为重要的是,关于这个"看不见的顶层",我们的大众传媒在他们"缺席"的情况下,给了他们大量的赞美之词——主要是他们经济生活中的"荣耀",而对于他们生活中的阴暗面乃至黑暗面——主要是情感生活中的"疾病",却很少触及。而这,自然是不均衡的,也是难以令人满意的。因为,就像他们的"荣耀"就是我们这个社会的"荣耀"一样,他们的"疾病"也往往是我们这个社会的"疾病",也就是说,他们在很大程度上,就是我们这个社会的象征,至少是极其重要的象征。在这个维度上,杨蔚然《失魂记》对庄学钟这个文学人物的塑造更为重要,他为我们的"都市文学"画廊里增添了一个典型——"看不见的顶层"。

正是在这个意义上,我们说《失魂记》是都市文学的新发现。

而我们,自然期望这样的新发现,越来越多,也越来越丰富。

(原载《雨花》,2015 年第 18 期)

那是"将来的田野"

——《火鲤鱼》中的"故乡"新解

因其独特的审美品格，姜贻斌的长篇小说《火鲤鱼》极易将人带入其营造的艺术世界中去，让人在其中沉思、沉浸、沉醉，不愿回还。

这一审美品格首先体现在作者以极其幻美的语言，为我们再现了自己的"故乡"——作家曾在其间度过曼妙童年时光的渔鼓庙。就像在鲁迅的深情回望下，现实中一片衰败的乡土幻化为童年的乐园，少年闰土在这乐园中欹享银色的月光、金黄的沙土、淘气的小兽一样，姜贻斌一定也对这片养育过自己的"母土"投射了太多的情感，以至于渔鼓庙这一角微小得不能再微小的土地在整体陷落的乡土中焕发出魔幻一样的光彩：在那里，有草木丰美的雷公山；在那里，有汤汤倒流的邵水河；在那里，草木挥发着谜一样的气息；在那里，河映射着梦一样的光波；在那里，有一片伊甸园般的沙洲，储存着月光，储存着流水，储存着清风，储存着白沙，储存着我们童年的快乐与荒唐、荒唐与快乐，储存着在这快乐与荒唐的变奏中发出的笑声与叫声；在那里，还有一种如符号般神秘的火鲤鱼，它游弋在汤汤的河水中，游弋在热切的眼神中，游弋在迷离的梦境中，游弋在饥渴的灵魂中……它是那么的美丽，美丽得出离了真，出离了善，出离了美，以至于，它似乎又成了渔鼓庙乡亲们一切不幸的根源，一切苦痛的注脚……

实际上，就像笔者在上文中已经暗示过的，作家在小说中也时而情不自禁地提示过的，对于今日的中国而言，"乡土"已经很难承载这样的意义与美丽了，甚至也很难承载这样的痛苦与忧伤了，因为，那几乎已经成为一片"废土"，其意义，只在于揭示现代运动的伟大与残酷。既然如此，作家为什么还要心中动情、笔底生花，像德国浪漫主义诗人诺瓦利斯所说的一样，"给卑贱物一种崇高的意义，给寻常物一副神秘的模样，给已知物以未知物的庄重，给有限物一种无限的表象"，将早已沦陷的"故乡"/"乡土"浪漫化为一个美丽新世界？

这一切，皆源于作家独特的艺术追求，或者说深切的现实诉求。

叶圣陶的童话集《稻草人》出版时，郑振铎在为其所写的序中指出，叶圣陶虽然也在童话集中"赞颂田野的美丽与多趣"，但他的"田野"不是"现在的田野"，而是"将来的田野"，"现在的田野"却如童话《稻草人》中所呈现的一样，也是"无时无处不现出可悲的事实"。郑振铎对叶圣陶童话的同情理解，也同样适用于姜贻斌的《火鲤鱼》。即：姜贻斌的《火鲤鱼》中那风物丰美、意义丰满的"故乡"，既不是过去的"故乡"，也不是现在的"故乡"，而是属于未来的"故乡"，尽管，这"故乡"是乘着往事的翅膀飞临作家笔底，飞临读者眼帘的。

这也是为什么姜贻斌没有像汪曾祺的"边地小说"一样，尤其是没有像其模仿者那样，在赋予乡土以"世外桃源"之形后，还要赋予乡土以"世外桃源"之实，而是笔锋一转，直面这美丽乡土中的残酷人生。这是怎样的残酷啊，那些淳朴厚道的乡亲们，似乎就要过上好日子了，可好日子却在指尖上滑落了：伞把和三妹子好容易突破城乡藩篱，幸福结合，可分歧也在结合之日发生，苦恼如影而至；车把好容易放弃家庭、放弃亲友、放弃陈规、放弃脸面，与王淑芳同居一室，过上餍足的欲望生活，可他们抛弃的一切，却又换了一副面目，来缠绕他们；三国好不容易娶上一个乖态的女子，过上幸福而又平静的乡土岁月，可他的女人，却在一个平静的日子平静地出走了，再也不见一丝踪影；水仙与银仙好不容易摆脱家乡的羁绊逃到新疆，可迎接她们的，仍然不是什么好日子，而是新的折磨，新的煎熬；更可悲伤的是雪妹子，如飞蛾扑火般追逐爱情而又被爱情之火灼伤后，她飞往陌生的新疆，却陷入骗子的魔爪，成为被侮辱被损害者；还有苦宝、满妹，还有小彩、乐伢子……这一个个美丽的女子，这一个个纯良的男子，似乎都成了"不配有好命运的人"，人生以鲜花般的姿态展开，却以苦果般的收获告终。于是，泪水来了，悲伤来了；于是疯狂来了，放逐来了；于是残酷来了，杀戮来了——至为残酷的是，苦宝竟然在日积月累的仇恨中，走上了弑母之路；至为残酷的是，雪妹子竟然在漫长的复仇之路尽头，因绝望而自杀于绚烂飘摇的向日葵丛林中……

　　这残酷的事实提醒我们，现实的"故乡"/"乡土"绝非乐园，这残酷的事实也提示了小说中人物行动的意义——其实，小说中的所有人物都在寻找，都在寻找一种理想的生活状态：伞把所寻找的，不过是一种拆除城乡藩篱的日常爱情；水仙和银仙所寻找的，不过是摆脱身份歧视的寻常生活；雪妹子所寻找的，不过是自由自在的爱情；苦宝所寻找的，不过是没有伤害的母爱；三国所寻找的，不过是平静的婚姻……可这一切，在作家笔下，竟然只是奢望，只是梦幻泡影。作家在小说中所着力营造的核心意象——火鲤鱼——的象征意义由此凸显：那梦幻般地游弋于河流中、游弋于人们眼目中、游弋于人们灵魂中的"火鲤鱼"，那谜一般令人欣喜、令人向往、令人失望、令人痛苦的"火鲤鱼",那让人生、让人死、让人生死两难的"火鲤鱼",那让人生命不止追寻不已的"火鲤鱼",那最后在蔓延的悲剧中渐渐淡出人们视野、淡出人们心灵的"火鲤鱼",其实,只是一个梦想,一个一辈辈中国农民在漫长的时光的河流中苦苦追寻的卑微而又伟大的梦想——过上好日子的梦想。这个梦想,在"话语"中一再迫近他们,可又在"实践"中一再远离他们。今天,这个梦想,依然遥远。

这一切,令这个火红的意象,漫溢出无尽的苍凉。

在这苍凉中,我们看到,"火鲤鱼"在人物的悲剧中消失了,但悖论的是,在一片漫溢的苍凉中,在作家笔下死去的"火鲤鱼"却又在我们心中复活了,它飘摇着,向小说中的人物游去,也向我们游来。

因为,"火鲤鱼"所昭示的,是"将来的田野"。

因为,这"将来的田野",依然在人们心中闪烁。

(原载《湖南文学》,2015 年第 7 期)

乡土叙事需要多维视野

——叶炜长篇小说《福地》的启示

乡土叙事是中国现当代文学的主流叙事。

在现代化、城镇化进程一日千里的今天，都市生活在一定程度上已经成为中国的主流生活或主流想象，都市叙事自然因时而起，迅速发展，但这却无法遮蔽这样一个事实：即使在当下，每年也有大量乡土题材的文学作品问世，在数量上甚至仍然占有中国叙事的半壁江山，因此，我们可以说，乡土叙事依然是当下中国叙事的重要一翼。

正是由于乡土叙事的强大传统与当代活力，使得我们在回顾中国现当代文学时，往往情不自禁地就想起这一脉络上的名家名作：在现代文学开端，鲁迅就给我们提供了《故乡》、《祝福》等乡土文学名篇，让我们看到了启蒙光影下老中国农民的疾苦与麻木；在风起云涌的革命年代，丁玲、周立波等作家又为我们提供了《太阳照在桑干河上》、《暴风骤雨》等土改名篇，让我们看到了"精神奴役创伤"的深重与"翻身"而起后的无边欢乐；新中国成立后，伴随着农业互助合作进程的展开，赵树理、柳青等作家又为我们提供了《三里湾》、《创业史》等当代名篇，让我们看到了从"旧人"到"新人"转变的无尽艰难;"新时期",高晓声创作了《李顺大造屋》等"反思"名作,让我们看到了互助合作过程中中国农民的牺牲与"伤痕";20世纪90年代初,陈忠实创作了《白鹿原》,让我们看到了革命风潮中乡绅飘摇而又坚守的身影;新千年之际,贾平凹创作了《秦腔》,让我们看到了一个天地瓦裂的当代乡土世界,使文学的泪水呼应了"三农"的疾呼……

不过,在为这些乡土名篇所吸引、震动之余,笔者有时候却又有一种失落感,觉得这些文学大家在观察、书写乡土时,缺乏一种多维视野,或者说,缺乏一种辩证的眼光,因而,他们往往像一个"独眼巨人",在使我们看到或深刻或长远的乡土图景之时,也忽略了其他的一些至少可以作为背景的乡土风情与风物。比如,除了"哀其不幸,怒其不争"的启蒙强音,我们在鲁迅的小说中就看不到活泼的乡土风景与人物。比如,为了昂扬"翻身"的革命激情,我们在"土改小说"中几乎看不到地主的多样面孔。比如,为了宣示互助合作的光明远景,我们在这类题材作品中,几乎看不到农民的苦累与不满。而"新时期"之后,这一切则又颠倒了过来,在"伤痕文学"、"反思文学"中,互助合作时代的农村似乎除了苦累与不满,别无他事;再比如,在20世纪90年代之后,革命叙事中的压迫者地主又往往以受害者面目出现……

这种深刻而又片面的乡土叙事,自然有其巨大的历史合理性,因而,需要怀着历史的同情加以理解;但是,在今天需要以更为辩证、开放、多维的视野观察乡土时,避免视野的僵滞、单一,更是必要的。

在这个方面,叶炜的长篇小说《福地》提供了有益的启示。

作为其"乡土三部曲"的压轴之作,《福地》自然离不开有关"乡土中国"的大历史叙事。具体表现在文本中,就是叶炜以麻庄这一鲁南苏北"典型村庄"里的"典型农民"老万一生的故事为线索,结构起中国农村从抗日战争到改革开放后百余年的历史。其间，自然少不了战争的血雨腥风，少不了时代转折时的酷烈与紧张，少不了极端年代的极端行止……但整体而言，叶炜写这些"大事"，似乎只是为了给小说确定经纬，就像一位高明的画家，在以刀砍斧劈般的笔法为画幅框定间距后，就转向细部，以工笔经营线条与结构，色彩与意蕴。具体来说，叶炜之所以在小说中讲述"大历史"，一个极其重要的动因就是借这"大历史"烘托人物，呈现主题：为什么"麻庄"是福地？为什么任凭山水流转、风来雨去，人们依然痴心不改，坚守这里？

为了回答这个问题，叶炜在小说中塑造了老万这个典型人物。

就是在这个人物身上，体现了这部小说的一重新意，即叶炜是以多维视野来观察这个人物的，因而，使其有所突破，有所不同。简而言之，在《福地》中，叶炜通过对老万这个人物的塑造，写出了"乡绅"的多面性或丰富性。在相当长的一个时期内，我们观察"地主"，往往只有"阶级"这一个视角，在这样的视角中，地主是当仁不让的主角，也是当仁不让的"恶"的代表，更是压抑乡土活力的反动力量。在中国现当代文学中，许多作品都是这样写地主的，不用说《暴风骤雨》、《太阳照在桑干河上》等"革命文学"作品，就是鲁迅的《祝福》中的"鲁四老爷"，身上也拖着长长的"阶级"的影子。"新时期"以来，一些作品虽然开始从不一样的角度写地主，甚至开始为地主"平反"，但实际上，很多作品也还是没有脱离"阶级"的视角。如果说，在特定年代这样的视角有其特定的历史合理性和文学意义的话，那么，在今天需要以多元视野观察中国、观察乡土的时候，仍固守这一视野，则难免失之于偏颇，换句话说就是，有时候，我们需要换一个视角观察"乡土中国"，换一个视角观察"乡土中国"中的万千人物。

在《福地》中，叶炜就实现了这种视角转换。如果以传统眼光

看，老万无疑就是一个"地主"，但在《福地》中，叶炜却更多地
将他当作一个"乡绅"来看待和书写。与"地主"这一阶级身份所
折射的单一维度不同，"乡绅"这一文化身份包含着更多的历史内
容与可能性，因而，这个转换不仅为人物开辟了新维度，也为小说
开辟了新空间。

　　通过费孝通的《中国士绅》等社会学著作，我们知道"乡绅"
是中国历史上一个独特而重要的社会存在，我们知道，在乡土中
国，他们身上有两面性，至少有双重身份：一方面他们是社会管理
者的角色，即"乡绅"在乡村经济事务、社会管理、风俗礼仪、生
活习惯等方面起着举足轻重的作用，在这个方面，他有极其坚硬甚
至"暴力"的一面，这就是为什么在《祝福》中，鲁四老爷对祥林
嫂的鄙弃，是她无可避免地走向死地的原因之一；另一方面，"乡
绅"又有保护乡土的作用，是乡土守护者的角色，有极其柔软乃
至"温情"的一面，这也是《祝福》中当鲁四老爷想保护祥林嫂
时，祥林嫂娘家人不得不顾忌的原因之一。在《福地》中，叶炜把
老万的这种"双重身份"表现得非常充分：作为"保护者"，他不
仅与周围山上的土匪周旋，甚至不惜牺牲自己的儿女——他的小女
儿欢喜就是因为他害怕土匪孙大炮为害乡里而"送"给他做"干女
儿"的，而这，导致了欢喜一生的悲剧；当日本侵略者到来时，国
民党军队都跑了，这个时候，老万却一方面号召乡亲们坚壁清野，
一方面购买军火，守护村庄；当灾荒来临时，他把自己存储的粮食
"卖"给乡亲们，使其得以保命。关于这个方面，一个最为动人的
细节就是"庚子"年间大旱时，早已经被赶下麻庄神坛的老万竟然
拿出自己家的保命粮，并在幕后指挥，让麻庄的村民择地打井，抗
旱自救……自然，作家也没有过分美化老万，忽略他身上"恶"的
一面：就是因为佃农陆三之子陆小虎暗恋他未婚儿媳嫣红并扯了一
下她的衣袖，他竟然默许自己的两个儿子将陆小虎打成残疾；为了

餍足自己的肉欲，他恩威并施地霸占了佃农王顺子的媳妇滴翠，而当发现滴翠与自己的大儿子万福"伤风败俗"后，他先是把万福赶出家门，任其流落江湖，后又在后院幽禁滴翠，任其自生自灭……这期间的血泪伤害、忧愁暗恨，真可谓一言难尽，欲语还休。

这种辩证的视野，不仅丰满了老万这个人物，而且丰富了小说叙事。在小说中，我们不仅看到了大历史的风云流荡，比如麻庄人民抗日驱寇的壮烈场景，而且，更看到了历史褶皱处的微观景观，看到了人心的多样与人情的微妙。比如，作为麻庄的"管理者"，老万自然要为其"恶行"承担责任，因而，在历史转折之后，陆小虎成了麻庄的掌权者，老万不可避免地被"审判"，被"批斗"，然而，与同类题材作品往往将这样的场景写得鲜血淋漓、你死我活不一样，在《福地》中，这样的场景固然有其残酷的一面，然而，有时候又有温情的一面。比如，在陆小虎领导农会批斗老万时，王顺子竟说他"这些年在麻庄为咱们做了不少好事"，使批斗变成表扬，洋溢出一丝难得的幽默的。以后对老万的多次批斗，也大多是巴掌高高举起，而后又轻轻落下，甚至在陆小虎和老万之间生成一种默契，使批斗成为一种"表演"。

这就涉及这部小说的另一个关键词：礼义与温情。

叶炜之所以在《福地》中塑造老万这样一个人物形象，并以他为线索，串联起鲁西苏南农村百余年的历史，并且把麻庄——鲁西苏南农村的缩影——命名为"福地"，一个重要的原因是他想传达这片土地上漫溢的礼义与温情。大概也正是由于这个原因，在小说中，叶炜很少书写残酷的故事——"文革"时王和对叶子萌的凌辱是唯一的例外。或者说，即使在书写这样的故事时，在上面，也总是闪烁着一双悲悯的眼睛。对老万是这样，对小说中的其他人物也是一样。老万的大儿子万福似乎是小说中最令人生厌的角色了：少年时勾引后母，乱伦偷情；青年时流落枣庄，沦为汉奸；中年时返回故土，猥琐为人；但不久之后，又耐不住寂寞，跟自己的干妹妹、王顺子的媳妇香子偷情。一再看到这样的情节，我以为叶炜再也不肯原宥这位乡土逆子了，然而，叶炜却在小说结尾来了一个温婉的回还：当"文革"期间香子由于儿子王和批斗自己和万福"搞破鞋"，羞辱绝望交加而自杀时，竟然是已经日渐老迈的万福用自己最后的欲望激活了香子熄灭的生机。读完这令人百感交集的情节，我们觉得万福也在生活中救赎了自我。我们领悟到，正是这礼义与温情，使苦乐伴生的麻庄成了人间"福地"，让村里的人，愿意像村头那棵老槐树一样，守望千年，无怨无悔。

（原载《文艺报》，2015 年 11 月 18 日）

慈悲其心　犀利其文

——读艾玛小说有感

初识艾玛，是 2009 年的事情。

那年 10 月 29 至 30 日，《青岛文学》举办创刊 50 周年纪念座谈会，那时，我还在《小说选刊》做编辑，负责阅读《青岛文学》，因而被邀请参加这次重要的文学活动。因为编辑部没事，我就早去了两天。由于本是文学同道，再加上我是山东人，家住潍坊，算是半个青岛人，所以，跟《青岛文学》的程基、韩嘉川、高建刚等老师聊得很投机，通过他们，又跟青岛的刘涛、戴升尧等作家成了朋友。记得是 10 月 28 日晚上，戴升尧老兄做东，除了上面几位老师和朋友外，"老戴"——朋友对戴升尧的敬称或昵称——还把艾玛、方如等几位女作家请来一起聊天。从那时起，我就成了"青岛文学"的兄弟和朋友。写下这些文字时，想一想，这些年，除了心里的挂念，没为"青岛文学"做一点儿事情，可青岛的朋友们，尤其是韩嘉川、老戴、高建刚、刘涛等几位老大哥，总是真心以待，热心接待，想起来，不禁惭愧难耐！

书归正传：就是在那次聚会上，我第一次见到艾玛。

那时，我还没有读到过艾玛的作品，因而，除了礼节性的交流，跟她几乎没说什么话；而艾玛，也是一个沉静的人，很少主动找人谈——到现在，我们认识也有六年多了，这六年中，几乎每年都见面，可这六年中说过的话，加在一起，我想，应该不会超过一百句。记得那夜月朗星稀，风清沙白，主诚客安，菜香酒美，我喝了不少。这样的热闹场合，很容易让人忽略，让人遗忘，但说实话，就是现在，我却还记得艾玛安静地坐在那里的身影。我本能地觉得，这是位好作家。

很快，艾玛就用她的小说印证了我的感觉。

2009年，《黄河文学》第9期发表了她的短篇小说《浮生记》。这篇小说像一道闪亮的光，一下子就吸引了文学界的目光，使艾玛很快就在文学界立起来：《小说选刊》2009年第10期选载了这篇小说，并入选"2009年首届茅台杯小说选刊年度排行榜"；此后，这篇小说又先后获得"第二届泰山文艺奖"、"第三届蒲松龄短篇小说奖"等。艾玛自此一发而不可收，几年内，时有佳作推出——《路上的涔水镇》、《一只叫德顺的狗》、《井水豆腐》、《路过是何人》、《歧途》……2015年，她又在《中国作家》发表了她的第一部小长篇《四季录》。这些作品，每篇都很优秀——说实话，在"70后"中，我很少见到像艾玛这样的作家，创作出色而稳定。桃李不言，下自成蹊。就靠这些出色的小说，艾玛成为当下文坛的佼佼者，尽管她依然沉静，不善交结。

艾玛的小说所以出色，一个重要的原因，来自她出色的文体意识。

实事求是地说，中国当代作家的文体意识整体不强，尤其是在当下文坛中居于"领导"地位的"50后"作家，更是如此。由于独特的历史遭际，这一代作家普遍缺乏良好的教育，更不要说文学教育了。他们走上文学之路的原因五花八门，有的甚至就是为了改变生存状况。打个不恰当的比喻，如果把文学比作战场的话，许多"50后"作家，基本上是赤手空拳走上战场的，或者是拿着锨镢锄镰等农具走上战场的。这就是说，许多"50后"作家的写作是野路子，是闯出来的。他们的作品，尤其是早期作品，有生活，有经验，有情绪，有气场，有理想，有野心，几乎什么都有，可是却很难讲有文体意识——拿许多"50后"名家早期的小说作品跟现在的"70后"、"80后"作家比，在文体意识上，那差距可不是一星半点儿。这些"老作家"的文体意识是在写作中，尤其是在成名后自觉补课才形成的。"60后"作家不仅大多接受过相对较好的教育，而且经历过各种文学思潮，尤其是先锋小说的磨砺，因而，普遍具有较强的文体意识。但遗憾的是，除了马原、苏童、余华、格非等先锋小说的代表作家外，一些跟风的"60后"作家（包括一些"70后"作家），误解了先锋小说、现代派等现代主义、后现代主义文学其实是基于严格的智力乃至哲学基础之上的文学实践，而将其当作心血来潮的文学游戏或胡闹，导致文体滥用。与上述两代作家不同，"70后"作家不仅普遍接受过更加良好的教育——许多"70后"作家是大学生，有的甚至是研究生，而且，跟"50后"、"60后"作家处于文学的黄金时代，很容易写出来不一样，"70后"作家出道时，文学已经极度边缘化了，要想写出来，十分困难，而且那个时候他们又不像"80后"那样，还是文坛上的"小鲜肉"，有包装价值，便于出名。就是说，许多"70后"作家其实是夹缝中求生存，这使他们中那些坚持下来的，普遍经历过苦心孤诣的文体训练，因而，他们的文体意识，整体强于"50后"、"60后"作家，也整体强于韩寒、郭敬明等"80后"作家——他们是"镀金"的一代。

　　而在"70后"作家中，艾玛的文体意识又格外突出——这是她在虽然沉寂但却竞争激烈的文坛一露面就吸引诸多目光的原因之一。仅就我的阅读来看，艾玛的文体意识首先表现在严谨的小说结构上。朋友们如果有兴趣的话，不妨从网上搜一搜艾玛的小说读一

读，尤其是她的那些短篇小说。如果这样做了，你会发现，尽管
她的小说叙述各异，结构各异，但却都极其严谨。比如她的《浮生
记》，叙事如流水一般，看起来那么散漫，那么自由，却又那么从
容，那么自然，就在这几乎静默般的流动中，故事悄然结束，可毛
屠夫与打谷一生的情谊，他们各自艰难却又温情的岁月，少年新米
无声而结实的成长，尤其是荡漾在小说中的那种面对浮生的刚强与
慈悲，却一波波涌来，将我们的心灵包围、浸润。再比如《路过是
何人》就通过一个人——太平镇饺子店男主人小二——的一张碎嘴
儿"唱"出来一场热热闹闹的戏：通过他跟客人的"碎嘴"，我们
"看"——是看而不是听——到了小镇的市井风情及人物掌故；通过
他跟派出所王所长的"碎嘴"，我们看到了那夜发生在太平镇上的
骇人事件——镇上的渔霸陈七被人割了耳朵，而且一只耳朵竟被扔
进派出所院子里去了；通过他跟街坊们的"碎嘴"，我们看到了太
平镇人对这件事压抑不住的兴奋与好奇；通过他与老婆的"碎嘴"，
我们理清了事情的来龙去脉——原来就是在他店中吃煎饺的一男一
女于悄无声息中布置下了对陈七的杀手；而把这四次"碎嘴"组合
起来，我们才知道太平镇不仅不太平，反而危机四伏，这危机既来
自"外来客"残忍的侠义，更来自渔霸的嚣张、派出所所长的跋扈，
来自渔霸与派出所所长的官商勾结、黑白通吃，因而我们看到，小
说中的太平镇，不过是中国基层社会的一个缩影。

艾玛的文体意识还体现在她朴素而又有诗意的语言上。艾玛
的所有小说，几乎都可以当散文诗来读，还是她的《浮生记》，仅
看小说题目，就可以体会到一种耐人寻味的诗意，坚硬而温暖，残
酷而慈悲。更为重要的是，这诗意的语言还紧密地联系着细节的真
实。在《小说机杼》中，在讨论细节真实时，詹姆斯·伍德问了这
样一个问题："我们怎么知道一个细节是不是真的？我们的依据是什
么？"他又引用中世纪神学家邓斯·司各脱的"特此性"（thisness）

来加以回答，他认为所谓"特此性"是指"那些细节能把抽象的东西引向自身，并且用一种触手可及的感觉消除了抽象，把我们的注意力集中到他本身的具体情况"。①他还举了几个例子来说明"特此性"与细节真实问题，比如，他举福楼拜的《包法利夫人》中的一个细节来进行说明，他说爱玛·包法利抚弄着一双缎鞋，几个星期前她穿着这双鞋子在沃比萨的大厅里跳舞，"鞋底被那舞厅地板的蜡弄黄了"。一读到这个细节，我们很容易就能想到那场对爱玛·包法利而言无比风光、无比浪漫的舞会，我们也很容易想到她那无比凄凉、无比悲惨的命运，而这一切抽象的东西，却都系于爱玛·包法利手中抚弄的缎鞋，系于那被舞厅地板的蜡弄黄了的鞋底——这就是"特此性"，这就是细节真实。在艾玛的小说中，我们也时而会看到这样的"特此性"与细节真实。在《一只叫德顺的狗》中，有这样一个情节：浔水镇派出所的小刘在开车送所长王坪达去枪决犯人的杨树湾时，望着车窗外万物生长的春天，王坪达禁不住感慨地说："还是古人讲究，秋后算账。哪像我们现在，一开春就忙这种事。"小刘应道："那是！说到底还是老祖宗会办事，古代砍个头可不简单，搁现在那就是行为艺术。你想啊，吃的是长休饭，喝的叫永别酒，用胶水把头发刷得服服帖帖，绾个鳄梨髻儿端端正正，鬓边再插朵红绫子纸花，砍下来拎在手上，那也是好个体面脑袋！"

　　胶水刷发定型、绾鳄梨髻儿、鬓角插红绫子纸花……这一切，如诗似画，或者借用小刘的话说，是"艺术"——"行为艺术"，可这"行为艺术"牵连着的却是砍头，是死亡。一读到这样的细节，心里就禁不住战栗起来，因而，当下文我们看到死刑犯田小楠"表情平静、两手搁在膝盖上端坐在那儿，头发整整齐齐地抿在耳后，

①［英］詹姆斯·伍德：《小说机杼》，河南大学出版社，2015年8月第1版，第47、48页。

两只裤腿都用细麻绳扎紧了"时，我们的目光也禁不住跟王坪达一样，"像被火烫了一样从田小楠的裤腿上跳开了"，因为，那被麻绳扎紧的裤腿儿也是"行为艺术"：为防死刑犯临刑前屎尿失禁，必须把裤腿儿扎紧。于是，这根小小的麻绳，牵系的是生死大事。可这大事，却又系于这么细微的事物上。其间的沉重与残酷，都被这根细细的麻绳吊起来了。读着这样的小说语言，不禁想起汪曾祺20世纪80年代提出的观点——"语言是小说的本体"，想起他"小说的语言是浸透了内容的，浸透了作者的思想"感悟，想起他"语言的粗糙就是内容的粗糙"的告诫。①

艾玛的文体意识还体现在叙事的从容自然上。不知道什么原因，现在，许多作家的叙事要么太局促，要么太散漫，一点儿也不从容。有时，一个几千字的短篇小说，线条十分单一，可作者也把握不住，东一榔头西一棒子的，将其弄得面目模糊，令人不堪卒读。与之相反，艾玛的小说，尤其是短篇小说，尽管都不怎么长——长的也就一万字左右，短的则只有七八千字，却都在有限的空间内容纳尽量多的内容，而且，每篇小说叙述都从容自若，既不局促，也不漶漫，使整篇小说像一个眉目清秀的小姑娘，惹人爱怜。比如《歧途》，只有8455个字，可就是这么一篇不足万字的小说，却包含着足够多的故事层次，足够丰富的小说内容：小说的第一层故事是写一位无名作家几乎碌碌无为的一生——娶妻、生子，写除了妻子和儿子几乎谁也不听的小说；小说的第二层故事写为人世所诱惑化身为人的小兔子的故事，写它贪恋人间的热闹，写它爱慕人间的浮华，写它爱上了一个美女，写它被人间嫌恶，写它被女人抛弃；小说的第三层故事是写作家的生活与小兔子的生活是

---

① 汪曾祺：《中国文学的语言问题》，《汪曾祺文集·文论卷》，江苏文艺出版社，1994年，第1、2页。

交织在一起的——原来，作家的儿子就是那只化身为人的小兔子，因而，几乎碌碌无为了一生的小说家所做的最有意义的事情就是为自己的儿子——那只小兔子——写一个故事，好让他逃离残酷的人间，回归纯真的兔子世界；小说的第四层故事是拯救与逍遥的寓言，是对人与兔的世界到底哪一个更值得珍爱的追问。而实际上，在艾玛笔下，纯粹、良善、无欺、无恶的兔子世界，才是理想的人间世界模板。这么多的层次，艾玛却安排得井井有条，而且每一层故事都与另一层故事有机结合，互相生发，再生出新的意义来，让人想起秘鲁著名作家巴尔加斯·略萨关于"中国套盒"的类比。在巴尔加斯·略萨看来，像"中国套盒"那样，在小说叙述中一个主要故事生发出另一个或另几个故事并不是什么困难的事情，而"当一个这样的结构在作品中把一个始终如一的意义——神秘、模糊、复杂——引进到故事内容并且作为必要的故事内容出现，不是单纯的并置，而是共生或者具有迷人和相互影响效果的联合体的时候，这个手段就有了创造性的效果"[①]。可以说，在艾玛的小说中，一些叙事就有这种"创造性效果"。

　　与出色的文体相配合，艾玛也创造了独特的小说内在空间。

　　在这方面，最引人注意的，是其小说的风骨。

　　我们上文提到，"50后"作家整体缺乏文体意识，但这一代作家也有自己独特的优点，比如他们富有现实感与问题意识，这使他们的小说普遍骨骼坚硬。在这个方面，"70后"作家却整体有所不足。体现在创作上，就表现为小说的整体性不强，尤其是在小说的核心主题上，游移不定，很难深入下去，因而他们的小说单篇看往往感觉很好，可整体看，却又相当凌乱，甚至呈现出碎片化、拼贴化的

---

① [秘鲁]巴·略萨：《中国套盒——致一位青年小说家》，百花文艺出版社，2000年1月第1版，第86页。

倾向。长此以往，这些作家的写作往往会跟着感觉走，写得不少，好的不多。艾玛的创作显然不存在这方面的问题，这就是说，艾玛的小说有整体感，有深度开掘的空间。除了作家的先天禀赋外，这应该得益于作家后天的训练。据艾玛在访谈中透露，她本科学的是历史，研究生读的是法学，获得法学博士学位。一个历史，一个法学，前者使人广博，后者使人深刻。这两者，都容易使人摆脱漂离感、碎裂感，而获得整体感、深度感。这一独特的优势，在艾玛的小说中发挥得淋漓尽致。我们上文说到，艾玛的小说语言素朴而有诗意，但这诗意的语言下，却是坚硬的内核。比如《一只叫德顺的狗》，看似写的是一只狗的遭遇，而实际上，勘探的却是罪与罚、生与死的人生主题；再比如《歧途》，表面上看是一则成人童话，而其中却包含着深刻的现实内容，是不折不扣的"喻世明言"或"警世通言"，在有的段落中，我们甚至直接就能看到令人不寒而栗的现实，比如小说中老黑兔为了劝小灰兔不要为人世浮华所诱惑而安心做一只小兔子时说："我首先要告诉你的是，人类嘴里喊着人人平等，可实际上根本就不是那么回事。如果人类的一个国王患病，需要换个好肾脏，他就有办法让全国人民都去做个体检……"这句话中，其实就隐含着残酷的现实信息。记得在一次聊天时，艾玛说自己的小说看似写的都是人间细事，可其中都隐含着深刻的法学主题，都可以更新为一篇法学论文，比如《一只叫德顺的狗》可以命名为"关于死刑的法学报告"，《路上的涔水镇》可以命名为"关于婚外情的法学报告"……实际上，可能还要深刻，还是艾玛自己说得好，她小说关注的其实是自由、平等、公平、正义、秩序等法学或历史主题——正是这种开阔的视野，赋予艾玛的小说以风骨。这使其小说散发出一种犀利的气息，让人沉浸审美，更让人清醒。

与这种视野相关，艾玛的小说始终聚焦他者，尤其是弱小者，尤其是被侮辱与被损害者。比如，在《浮生记》中，艾玛的目光始终深情地盯在毛屠夫身上，盯在他的小学徒新米身上，因而，使他们的一举一动、一颦一笑，都牵动着我们的神经，甚至连新米挑着的刀架上刀子与钩子相碰在寒风中发出的细碎而冷冽的"叮叮叮"声，也飘入我们的神经与记忆中。据艾玛在访谈中透露，这篇小说在很大程度上来源于童年时对一位远亲屠夫的记忆，来源于童年时听到的刀与钩子相碰时发出的叮当声——在冬天，这声音带着些杀气，又非常孤独，来源于他对这位远亲生涯的惊奇与敬畏——晚年时他不杀猪了，而是给附近几个村子里去世的老人清洗身子，穿寿衣，从杀生到给人以善终，反差很大，却又很自然……就是根据这种童年记忆，艾玛在《浮生记》中为我们讲述了一个百感交集的生命故事，为我们塑造了一种刀一般刚强、观音一般慈悲的性格。这个信息除了透露出艾玛身上具有对作家而言极其重要的敏感禀赋外，还透露出她非常善于把他人的生命信息吸收、融化到自己血脉中的禀赋。坦白地说，在今天许多作家将写作当作"高兴时的游戏或失意时的消遣"，或者等而下之，将其当作职业、事业，而非志业，因而作品中充斥着太多的个人情趣、个人得失时，这种眼中、心中有他者、有世界的禀赋更加重要——这是作家能够不断丰富自己心灵，使自己在写作的路上越走越远的保证，而这也是艾玛能关注自由、平等、民主、公正等正向价值的深层原因。

这就带出来一个更为深刻的问题：作家的写作理想！

关于这一点，我们在上文已经约略提及，但还需要更清晰的回答。其实，这个问题，还是让作家自己——通过写作——来回答最好。恰巧，艾玛在自己的小说中也巧妙而又深入地探讨过这个问题。在《歧途》中，那个一辈子在写作"手头这本书"的无名作家，直到老眼昏花、手脚不灵时，才突然意识到自己欠儿子一个"小灰兔的故事"。意识到这一点的作家感到内疚、悲伤，他决定为儿子写一个"小灰兔的故事"。为了写好这个迟到的故事，作家找了一大堆孩子的书来读，他发现这些"各不相同的故事却有个共同点，那就是每个故事都曾挽救了一颗纯真的心"。起初，读到每一个有趣的故事时，他都想拿来用，但这次他却没这么做，因为他想"小灰兔应该有小灰兔的故事"，"明白这一点后，作家很快就写出了一个小灰兔的故事，他坐在电脑前，手指一触到键盘，故事就从他的指尖流了出来。这是前所未有的事。写完后，作家激动得流下了眼泪。原来，写作是一件如此幸福的事情！作家也为自己感到遗憾，遗憾自己竟然到人生暮年才发现这一点"。实际上，作家没发现的另一点是，其实他也没能"免俗"，他仍然通过自己独特的故事——小灰兔的故事——"挽救了一颗纯真的心"：正是他写给儿子的"小灰兔的故事"，把儿子从薄情的人间送回到兔子的温情世界，这既解放了小灰兔，解放了儿子，也解放了作家。实际上，这既是关于人生的寓言，也是关于写作的寓言——真正的写作不就是用自己独特的故事挽救每一颗纯真的心吗？！正是这样的写作伦理，使艾玛小说中的人物，在并不理想的世界上，顽强地活着，慈悲地活着，就像《浮生记》中的毛屠夫、打谷和新米；就像《路上的涔水镇》中那打离婚官司的下岗女工，梁裁缝，李兰珍；就像《一只叫德顺的狗》里边的王坪达、梁小来，还有那只叫德顺的狗……

行文至此，有必要谈谈《青岛文学》刊发的《跟马德说再见》。在这篇小说新作中，我们上文谈到的一切，故事的多义、叙事的从容、语言的节制、写作的担当——用小说中"作家"的话说就是"写令人心碎的人生"，都得到了较好地呈现。但在这篇小说中，我更感兴趣的是，艾玛已经将她的文学故乡——涔水镇——与一片更广大的土地——渔村——勾连起来，将她的文学源头——沅水——与一片更澎湃的水域——大海——勾连起来，这必将使她获得更为丰厚的写作资源。实际上，在《歧途》等小说中，我们已经看到了这样的因子。在我看来，这无论是对于艾玛本人，还是对于《青岛文学》来说，都是件好事！

最后，我想说的是，艾玛的小说并非十全十美，比如，我们上面提到的那些优点，有些还比较弱小，有的甚至还处在萌芽中，更多的还没有联系起来，构成一个彼此催化的有机体，产生更为强劲的文学力量，但我确实在她的小说中看到了少见的纯粹的文学精神，看到了少见的沉静的写作耐心，看到了少见的文学理想与担当，而我又知道，在当下，写作是艰苦乃至不幸的，是孤独乃至绝望的，因而，我愿意用我并不成熟的文字，为她呐喊，因为，说到底，我们是同一个人类，我们立在同一片土地上，因而，我们应爱着共同的爱，恨着共同的恨。

（原载《青岛文学》，2016 年第 3 期）